世界少年经典文学丛书

热爱生命

[美]杰克·伦敦 著
季景书 编译

中国出版集团 现代出版社

图书在版编目(CIP)数据

热爱生命 /（美）杰克·伦敦（London,J.）著；季景书编译. —北京：现代出版社，2013.2

ISBN 978-7-5143-1335-2

Ⅰ. ①热… Ⅱ. ①杰… ②季… Ⅲ. ①短篇小说-小说集-美国-近代 Ⅳ. ①I712.44

中国版本图书馆 CIP 数据核字（2013）第 021762 号

作　　者 杰克·伦敦
责任编辑 刘春荣
出版发行 现代出版社
通讯地址 北京市安定门外安华里 504 号
邮政编码 100011
电　　话 010-64267325　64245264(传真)
网　　址 www.xdcbs.com
电子邮箱 xiandai@cnpitc.com.cn
印　　刷 三河市嵩川印刷有限公司
开　　本 700mm×1000mm　1/16
印　　张 9
版　　次 2013 年 2 月第 1 版　2021 年 8 月第 3 次印刷
书　　号 ISBN 978-7-5143-1335-2
定　　价 29.80 元

序　言

孩子是未来的希望，是父母心中的天使，是充满快乐的精灵。小学阶段更是孩子最快乐的时光，是孩子成长发育的黄金阶段。为了让孩子学习更多的课外知识，享受更加丰富的学习乐趣，我们策划了本丛书！

从小让孩子多读课外书，对培养孩子健康的心态和正确的人生观无疑将起着非常重要的作用。自《语文课程标准》公布以来，不少富有敬业精神、有才干的教师，在他们的教学中，担当起阅读教育的重担。他们在严谨的选材中，利用丰富的文学资源，向学生推荐了大量优秀的课外读物，实施了以“练成阅读和作文的熟练技能”为重要内容的阅读教育。大千世界充满了丰富的知识。阅读能丰富小学生的语文知识，增强阅读能力，提高写作水平，开阔视野，增长智慧。阅读本丛书，能够使孩子享受到阅读的快乐，激发起更浓厚的阅读兴趣，孩子的生活将充满新的活力与幸福！本丛书精选了世界名著和中国经典书目中流传最广、影响最大、最脍炙人口的作品，是培养小学生理解能力、记忆能力、创造能力的最佳课外读物。

最后需要指出的是，本丛书把世界上流传甚广的经典童话、寓言等也尽收其中，并将这些文学作品重新编写审订，使作品在不影响原著的基础上更适合少年儿童阅读，在丰富他们课余生活的同时提高语言和文字表达能力。本丛书通过科学简明的体例、丰富精美的图片等有机结合，使小读者不仅能直观地领略作品的精髓，而且还能获得更为广阔的文化视野和愉快体验。希望本丛书能成为孩子生活的一缕阳光照亮孩子前进的道路，能成为一丝雨露滋润孩子纯净的心灵。

编　者

目　录

热爱生命

河岸上走过来两个人。

他们小心地前行。走在前面的那一个被乱石绊了一下，摇晃了几下终于又站稳了。

这两个人的疲惫是明摆着的，可以说精疲力尽。由于长期的艰苦生活，尝尽了生活的艰辛，痛苦的表情已经被岁月镌刻在他们的脸上。在他们的肩上背着沉重的包袱，用皮带扎得很紧，手里拿着一支猎枪。

由于背上的重负，他们弓着腰低着头，两眼望着地面，缓慢地朝前移动。

“我们藏了数不清的子弹，问题是现在手里一颗也没有。”一个人说。

他毫无情感的话，没有激起伙计搭腔的愿望。他正专心地向一条小河走去，当河水从石块上流过的时候，激起许多乳白色的泡沫。

第二个人跟着第一个人，一前一后，走下小河。这两个人谁也没有脱掉鞋袜。冰冷的河水，立刻浸透了他们，脚趾和脚腕被冻疼了。水深的地方，没过了他们的膝盖。水流的冲击使他们东倒西歪，站立不稳。

走在后面的人，踩了一只光滑的圆石块，脚下一滑，他痛苦地尖叫了一声，终于立住了。由于疲惫和饥饿，他并没有站稳，而是紧接着向前打了个趔趄，那只手，想抓住什么东西似的。他努力地支撑住自己的身体，不使自己倒在地上，并步履蹒跚地向前走去。当他停下来喘气的时候，抬起头望了望走在前面的人，那个人连头也没回，仍旧在向前走。

有一分钟时间，他站在那里，想着自己的事。然后，他喊了起来：

“喂，比尔，我的脚弄伤了！”

比尔仍然没有回头，并且淌过了水。

走在后面的人望着比尔的背影，他的脸上虽然没有丝毫的表情，但是眼神中却流露出疼痛和悲伤。这是那种受伤的驯鹿的眼神。

比尔已经到对岸了，仍站在河中心的人渴盼地望着他上岸之后，头也不回地继续往前走。他的嘴唇一阵哆嗦，连那棕色的胡须也随之抖动起来。他用舌尖舔了舔干裂的嘴唇。

“比尔！”他大声地喊着。

这痛苦的哀求出自一位处于绝境中的英雄之口，而比尔，却始终没有回头。

他盯着比尔，见他脚步沉重一瘸一拐，步履艰难地爬上一片斜坡，向小山头上柔和的天际走去。他呆呆地看着比尔跨过山头，消失得没有了踪影。他把头转过来，开始慢慢打量这个世界。比尔的离去迫使他独自面对周围的一切。

天空布满了云，太阳的光辉十分昏暗。迷雾茫茫，渐渐地沉重起来。他把表掏出来看了看，将身体的重心压到一条腿上。四点了。有两周了，他一直无法弄明白准确的时间。现在是七月底或者是八月初，太阳应当位于天空的西北方。他向南方望去，能看到一些低矮的山丘，在这些山丘后面的什么地方，是大熊湖，再往那边，通向可怕的北极。他此刻涉足其间的这条小河，应该是铜矿河的支流。铜矿河由南向北流入了加冕湾和北冰洋。他一辈子也没有到过那些地方，有一次在哈得孙湾公司的地图上，他看到过这些他陌生的位置。

他把视线从远处收回来，环顾这个他独自置身其中的荒野，看到了一片令人悲哀的景色。低矮的山丘挡住他的视线，眼前既没有高大的树木，也没有丛生的灌木，连一株小花小草都没有，只有令人充满恐惧的荒凉。

“比尔!”他轻轻地说，接着又重复一遍:“比尔!”

他站在泛着白光的河水中，感到一阵恐惧。无边无际的荒原以一种压倒一切的力量向他漫延过来，不可抗拒，又难以逃避。他的身体颤抖起来，手中的猎枪哗啦一声掉进水中。意外的事件使他惊醒过来，于是他振作起来，拿出手枪。然后他把包袱移到左肩上，这样就减轻了受伤的右脚的重负。他双眉紧锁，忍着右脚腕的剧痛，缓缓地移动着，小心谨慎地登上了河岸。

他既没有停顿也没有休息，就急忙地赶路去了。爬上斜坡之后，登上了那座小山头，比尔不久前就是在这里消失。同一瘸一拐的比尔比起来，他的形象更加笨拙、狼狈和可笑。他从山头向下边的谷地望去，一片死气，寸草不生。恐惧之感又袭上心来，他努力鼓起勇气，把左肩上的包袱重新背好，颠踱着向下走去。

谷底潮湿异常，覆盖着厚厚的苔藓，这些苔藓像吸足了水的海绵，每走一步，脚下便溅出水来，鞋子一起一落，发出嘟嘟的响声。他尽可能沿着比尔留下的足迹。踏着突起在苔藓中的小岛般的岩石，穿行于沼泽之间。

只剩下他一人了，不过他知道自己并没有迷失方向。再走不远，就能到达一个叫作提琼尼其利的地方。那里生长的云杉和冷杉算不上高大挺拔，却为提琼尼其利小湖提供了一个天然的围栏和屏障。“提琼尼其利”当地话的意思是“小棍之乡”。环绕小湖以外的地方，都没有树木，顺着小河向上游走，在水源的尽头有一个分水岭。这是另一条小河的源头，沿着这条溪流的小河，他将找到狄斯河，那里有他的隐蔽的秘密营地。在乱石丛中藏有一只独木舟，子弹、钓钩、钓丝和一张小鱼网。还有已经不多的面粉、一块腌猪肉和一些豆子。

他料想比尔肯定会在那儿等他，两个人在一起将沿着狄斯河走向大熊湖。渡过大熊湖，再向南走到肯齐河。继续向南，冬天在身后追赶着他们，河面将很快结冰，天气也将变得更加寒冷。还要向南，他们的目的地是哈得孙湾的一个商站，那里生长着高大茂盛的乔木，粮食充足。

这位孤独的流浪者思索着，异常艰难地向前移动。在艰苦的环境中他抱定的信念是：比尔不会扔下他不管。比尔一定会在藏东西的地方等他。假如不是这样，那么他继续前行并与艰难困苦战斗就变得没有意义，只有躺在地上等着慢慢死去了。

这时，太阳渐渐落下。他不只一次地想过，他和比尔每向南迈进一步，就与那马上就要到来的冬天远离了一步。他禁不住一次又一次地回想着在秘密营地储藏的食品和哈得孙公司仓库中的备用品。他已经两天没有吃到任何东西了。离没有吃到饱饭的时间更长。饥饿难耐时他就弯下腰，采几枚沼泽地上的浆果，填进嘴里嚼一嚼。浆果有丰富的汁液，吸干这些浆液之后，又硬又苦的籽含在口中，还能嚼很长时间。显然这种东西无法吃饱，就像希望和回想不能充饥一样。而此时的饥饿却驱使着他再次地去采摘浆果。

九点钟的时候，他的大脚趾碰在了一块石头上，受了伤，他摇晃了一下，摔在地上。他就在那儿躺了很久，一动也不动。然后他解开皮带，吃力地坐了起来。天还没黑，小路依稀可辨，他在岩石中找了一阵，找到一块干苔藓地。接着拾来了一捆柴，点着了火。拿出饭盒，盛上水，架在火堆上。

打开包袱，拿出火柴他数了数共六十七根。为了防止数错，他又数了三遍。然后把这些火柴分成三份，用纸分别包好。第一份放进空荷包里，第二份放进帽子的衬布里，第三份塞进了衬衣口袋。把这些事情做完之后，他突然害怕起来。他把放好的那三份火柴又拿出来，重新数了一遍，确实是六十七根。

他坐在火堆旁，烤自己潮湿的鞋和袜子。皮鞋烂得只剩一些碎片了，毡袜子也坏了，双脚磨出了血。脚脖子肿得几乎有膝盖那么粗，痛苦难忍。他从毯子上撕下一条，紧紧地包住脚腕，又撕下几条，把脚包严，跟脚上穿了袜子和皮鞋一样。接下来他喝了点开水，给表上劲，躺下盖好毯子。

他睡得很沉。快到半夜时天才黑下来，而且没有多久，太阳就从东北方向升起。灰色的云层挡住了太阳。

六点钟他醒来。望着灰暗的天空，饥饿立刻袭来。听到很响的鼻息之声他转过身，看到一只大驯鹿。它机警地望着他感到十分好奇。这只驯鹿离他不足五十步。他脑子里呈现出平底锅煎鹿排，嗞嗞作声，香味扑鼻的情形。想得出了神，他本能地抓起那杆没有子弹的猎枪，端平，瞄准，发射！驯鹿叫了一声，跑开了。鹿蹄敲打石子的声响越来越小。

最后，站起来了。他又用了一分钟时间使自己站稳，站直。

他艰难地爬上一个小山丘，环顾四周。看不见树木花草，只有大片的灰色苔藓，灰色的沼泽，灰色的小溪，衬托着灰色的天空。看不到太阳。弄不清哪边是北，忘掉了昨天是从哪一个方向来到这里的。不过他相信自己没有迷路，很快就能到达“小棍之乡”。他知道，“小棍之乡”距此已经不远，在左边，也许就在那个小山丘的后面。

他回到刚才休息的地方，把包袱扎好，准备出发。上路前又检查一遍，看看三个小纸包的火柴，没有去再数它们。想到那只装得满满的鹿皮口袋时，他迟疑着。口袋不大，两只手合起来就可以将它包住，却很沉，有十五磅，相当于其余所有东西的重量之和。这只该死的袋子让他不知所措。他把这只口袋置于一边，着手打包袱。他的目光却不由自主地移到那只口袋上。他一把抓起那袋子，不安地环顾四周。好像这个荒野会把他们那口袋黄金抢走似的。当他最后站起身艰辛地朝前走去之时，那只沉重的鹿皮口袋依然在他的背上。

他向左转之后前行，停下脚步时总要采些浆果吃。一只脚疼痛难忍。不过同饥饿引起的腹绞痛相比，腿脚上的痛楚就算不了什么了。饥饿难耐，空腹的绞痛一阵紧过一阵，他已无法确定“小棍之乡”到底在哪一个方向。浆果既无法充饥，又治不了胃疼。坚硬无比的籽核又扎破了舌头和上臂。

他走到小谷地的时候，有一群白沙鸡从圆石头上土墩子上迎面飞起，拍打着翅膀，“咯儿——咯儿——”地叫着，他捡起一块石头去打，没打中。他丢下背包，悄悄地爬向白沙鸡。他的裤子被锋利的岩石划破了，膝盖上血迹斑斑，他却没有觉得疼。饥饿已经吞没了他的知觉。他爬行在潮湿的苔藓地上，水湿透了衣服，很冷，这些都被排除在知觉之外了。整个世界只剩下难耐的饥饿和围绕他飞着的白沙鸡。他觉得这些“咯儿——咯儿——”的叫声在戏弄他，嘲笑他，拿他开心；他骂了一阵白沙鸡，又学着它们“咯儿——咯儿——”地叫起来。

一次，他差一点捉住一只白沙鸡。当时，这只小东西可能正躲在岩石上睡觉，听到动静，立刻飞走，险些撞在他脸上。尽管这鸟儿飞得很快，他还是伸手抓去，可惜只抓到三根毛。眼巴巴地看着这只鸟飞走，他非常气愤，仇恨无比，仿佛他的灾难是这只可怜的鸟儿的原因。因为一无所获，他气恼地拾起背包，又向前进发了。

接近中午时，他来到一片野物成群的沼泽地。由二十多只驯鹿组成的一支鹿群，仿佛有意嘲笑他一般，从他身旁经过。随便开一枪就能打到一只。这活生生的食物使他产生了一种狂妄的念头，抓驯鹿！他认定了自己能追上它们。突然迎面而至的一只狐狸阻止了他，在这只黑褐色狐狸的嘴上，还叼着一只沙鸡。他大喝了一声，受到惊吓的狐狸一溜烟似的跑了，口中的猎物也带走了。

傍晚，他来到一条小河边，沿河而行。因石灰含量高而呈乳白色的河水，流过疏松的灯心草丛。他上前抓住一把灯心草，猛力一拔，灯心草被连根拔起，带出葱头一样的东西，有木瓦上的钉子那么大。吃起来倒是很软，咬的时候还“吱吱”响，很香。但是纤维太多而难以下咽。像灯心草根、浆果这类水分大的东西，既无营养，也不能充饥。虽然他很清楚这一点，但依旧丢下背包，四肢着地爬进灯心草丛，像反刍动物一样，连咬带嚼地吃起来。

由于疲劳过度，他常常一倒地就马上睡着了。使他不能安睡的，与其说是对“小棍之乡”的向往之情，还不如说是难耐的饥饿。他一再地到小水坑中寻找青蛙，一再地用手挖地想找到蚯蚓。但这一切都是白费，在寒冷的北方根本就没有这些东西。

那些在行进中所遇到的水坑，总是深深地吸引着他。终于有一次，他看到一个水坑中有条鱼，那么大。他把右胳膊伸进水里，水一直没到他的肩部，鱼还是溜了。再次去抓时，他弄浑了水，看不到鱼在什么地方。等水澄清后他又去抓，水又被弄浑了。他不再犹豫，从身上解下小白铁盒，开始一盒一盒往外舀水。一开始他干得很起劲儿，全身都湿透了。舀出来的水泼到地上，马上又流回了坑里。等他看出这一点时立刻冷静下来，开始认真地舀水，尽可能泼到远处，与此同时，他的心跳剧烈起来，双手开始发抖。经过半个小时的艰苦劳动，坑里的水差不多干了，但是鱼也没了踪影。他认真观察，才发现岩石中间有条不明显的裂缝，从这里鱼游到另一个水坑中去了。这个水坑又深又大，水很多，干上一天一夜也休想把水舀干。他非常后悔，如果及早发现裂缝的话，一开始就先用石块堵死，那么现在鱼已经到手了。

极度的懊恼与失望使他一屁股坐在湿地上哭了起来。起初还是小声抽泣，后来便号啕大哭起来。这哭声传得很远，打破了荒野的寂静。他哭得全身抖动，很久之后还在抽咽。

他生着了火。喝下许多开水之后，身子才渐渐温暖。然后，他像昨天一样，躺在岩石上睡觉。入睡前，他察看了一下火柴是否受潮，给表上了弦。毯子湿了，摸上去很凉，脚腕疼痛难忍，饥饿更加难耐。入睡后，他梦见了丰盛的大餐和各种野味。

醒来的时候，他浑身发冷，像生了大病一般。天空是灰色的，没有太阳，大地也是灰色的，更昏暗了。冷风刮过之后，落了一场雪，小山丘都穿上了银装。当他点火烧火的时候，眼前已是白茫茫一片，无边无际，鹅毛大雪，漫天飞舞。一开始雪片落下来，很快就融化了，过了一阵地面变白了。他拾来的干苔藓被打湿了，火堆很快也熄灭了。

这是个警示。他吃力地爬起来，背好包袱，向前走。不知道，去哪儿。他的脑子里已经没有“小棍之乡”，没有比尔，也没有什么狄斯河边的秘密营地。他只有一个念头，那就是：吃！他已经饿疯了。现在往哪走，对他来说已没有什么不同，首先要离开这片谷地。他在积雪中寻找浆果和灯心草根，这些东西既没有味道、也填不饱肚皮。后来，他发现了一种带酸味的野草、找到多少就吃多少。可惜太少了。这种蔓生植物，在积雪覆盖下很难找到。

傍晚的时候，他没有点起火堆，也没有喝到开水。毯子却还盖在了身上，空着肚子渐渐睡着了。雪停之后，又下起了冷雨。雨点打在他的脸上，不时地把他弄醒。天亮之后，雨也不下了。又是一个阴沉沉的日子。现在，他感觉到饥饿已不那么咄咄逼人了。空腹之痛要容易忍受一些。他头脑清醒，思维活跃，重又想起了“小棍之乡”和狄斯河边的秘密营地。

他把那条上次撕剩的毯子再撕成条状，用来包扎血淋淋的双脚，捆好扭伤的脚腕，准备重新上路。还有背包，他很长时间地打量那只鹿皮口袋，终于还是把它留在了背包里。

地上的积雪被雨水融化了，只有小山丘的顶部还是白色。太阳出来了。这位迷途的旅人，借助太阳还能够辨别方向。他断定自己迷路已有几天了，朝向目标的偏左方向走了很远。为了找到正路，他向右进发了。

已经感觉不到饿了，身体却很虚弱，他不得不时常停下来休息，弄些沼泽地的浆果和灯心草根塞进嘴里。舌头肿了，干得像裂开一样，又像是长了长毛，嘴里又苦又涩。最难受的是心脏，几分钟走下来，心脏就剧烈跳动，差一点就蹦出来了。这使他呼吸困难，头昏眼花，就要晕倒在地。

快中午的时候，他在一个大水坑里发现了两条鲦鱼。要把坑里的水舀干是不可能的。这一次他很镇静，巧妙地用白铁盒把鱼捞了上来。他终于把它们弄到手了，虽然这两条鱼比小指头还细。他并不想马上把它们吃掉，腹中的疼痛已感觉不到。不过他到底还是生吃了这两条小鱼，一点一点地细细地嚼着。这纯粹是理性的选择，机械的动作。他知道，要想活下去，就得吃东西。

傍晚，他又捉到三条鲦鱼，吃掉两条，为明日的早餐留了一条。太阳烤干了一些苔藓地，他又喝到了开水。这一天他走出不足十英里，接下来的一天还不到五英里。胃虽然不疼了，却像睡着了似的，心脏的跳动也异常剧烈。他不知道到了什么地方。这里驯鹿成群，野狼出投。狼的嗥叫不时传入他的耳中。有一回，竟然有三只狼从他面前偷偷窜过。

第二天清晨，他头脑清醒。于是他从背包里取出鹿皮口袋解开，倒出了大粒沙金和大金块。把这些金子平分成两份，撕下一块毯子把一份包好，藏进老远就认得出的岩石堆里，另一份又放回鹿皮口袋。又从剩下的毯子上撕下了几条把脚包好。考虑到狄斯河边的秘密营地里藏有子弹，所以他没有丢掉猎枪。

有雾的日子，他又感到了饥饿。虚弱不堪的身体，头昏眼花。常常被绊倒。有一回，他摔倒在沙鸡窝上。窝里有四只刚出壳的雏鸡，它们来到世上也许只有一天。每只小鸡他都是一口吃掉。他把小鸡活活地塞进嘴里，嚼得吱吱响，像吃蛋壳一样。老沙鸡围着他飞着，大声地叫着。有一只老沙鸡被他用枪托打落在地，但最终还是让它跑掉了。还有一只被他投掷的石块打伤了翅膀，当它拖着受伤的翅膀逃跑时，害得他在后面紧紧追赶。

吃下小沙鸡之后，他觉得更饿了。他向老沙鸡投掷石块，嘶哑地大喊大叫，拖着一只伤脚，极其笨拙地又蹦又跳。他一会儿追沙鸡，一会儿又突然停下，一再地摔倒在地，每次倒下，总是艰难地爬起来，然后用手揉揉眼睛，稳住神，以免再摔倒。

一只被追赶的沙鸡，把他带到了这里。在这片覆盖着湿苔藓的沼泽地上，他发现了人的脚印。他确认这不是他自己。或许是比尔的。但是这没有阻止他停下来。抓到沙鸡的幻想使他跟着沙鸡跑了过去。他想捉住沙鸡之后再来察看脚印。

他已经再也没有力气追下去了。当他侧身躺在地上大口大口地喘气的时候，在离他十步远的地方，沙鸡也侧身躺在地上喘气。他连再往前挪一点的力气也没有了。休息之后，他恢复了力气，恶狠狠地伸手去抓之际，沙鸡振翅逃开了。就这样他不断地追赶。暮色降临的时候，这只沙鸡终于还是逃脱掉了。这一场劳累，把他弄得虚汗淋漓，浑身颤抖，脚下一软，栽倒在地。脸被划破了，背包还压在背上。他一动也不动地趴了很久，才翻了个身，给表上了弦，他躺着等到早晨来临。

又一个起雾的日子。他用半个毯子把脚包扎好。比尔的脚印已经无从寻找，不必要去找了。饥饿，控制着他的身体和意识的，仍然是饥饿。驱赶着他向前移动的，也是饥饿。假如迷路的是比尔，他会怎么干呢？也只能是赶路。到中午，他已经一点力气也没有了，他把金子拿出来，又分成两份，路上丢一份，身上留一份，到了傍晚，他把剩下的金子全扔掉了。现在，破碎的毯子，白铁盒和猎枪就是他的全部行李了。

他觉得自己好像还有一粒子弹，放在枪膛里，他一直没发现。与此同时他又很清楚枪膛里根本没有子弹。但是仍有子弹的念头却紧紧地控制着他，寸步不离，挥之不去。他同这念头搏斗了好几个钟头，最后通过检查枪膛来确定没有子弹。对这个结果他很失望，好像他本来会找到那颗子弹似的。

半小时之后，这荒唐念头又来纠缠他。为了摆脱困境，他又一次打开枪膛察看。他的理智就渐渐变淡，无意识却有力地向前推进着，犹如一部自动机器，古怪的念头荒唐的想法像一堆蛆虫，在他的脑袋里乱动。但是他会很快又清醒过来。把他一再地拉回到现实中来的总是饥饿。有一回他看到的一个景象让他惊骇得差一点晕倒，那是突然闯进他眼帘中的一匹马，的确是一匹马。他不敢相信这是真的，他像喝醉了酒一样东倒西歪，费了九牛二虎之力才使自己站稳，眼前仍然是一片昏暗。为了让自己看得清楚分明，他使劲地揉眼睛。这次他看出那不是一匹马，而是只硕大的棕熊。这只野兽好奇地站在他的对面，用怀疑的眼光打量着他。

他本能地去拿枪。刚要端起来，他突然意识到这么干是非常荒唐的。于是他放下枪，从镶珠刀鞘里抽出猎刀。肉，可以活命的肉，就在眼前。他伸出大拇指去试了试刀刃，非常锋利，刀尖也非常尖锐。他要向这只大熊猛扑过去，宰了它。然而他那衰弱的心脏，此刻却不合时宜地突突乱跳起来。像裂开了一样，又像是要从嗓子眼儿里蹦出来。他的额头疼得厉害，眼前一阵发黑。

刚才那不顾一切的勇敢，只持续了几秒钟，就被袭上心来的恐惧赶跑了。如果大熊扑过来。以他的虚弱无力，怎么能对付得了呢，怎么办？他把身体挺直，装出一副威武不屈的样子，紧握猎刀，死死地盯住大熊。这只野兽笨拙地向前移了一步，直立起来，发出令人震耳欲聋的咆哮声。这时，如果人被吓住了，转身逃命，熊就会追上去。然而，身处非常危险中的这个人，保持了他的威严，一动也没有动，他鼓足了勇气的时候，就大叫起来，发出刺耳的像野兽一样的嚎叫。这叫声所表现出来的，却是一种恐惧。这恐惧隐藏在人性的最深处。

一阵咆哮之后，熊向旁边挪动了几步。它感觉到立在前面的这个直立的东西并不怕它。而它倒有几分害怕这个神秘的怪物。面对熊的退却，这个人还是纹丝不动，犹如埋在地里的木桩子一样，而且生了根。等到熊消失之后，他浑身颤抖，犹如筛糠，一头栽倒在潮湿的有苔藓的地上。

不知过了多长时间，他重新振作起来，继续往前走。

新的恐惧再次出现。这比饥饿更可怕的恐惧，来自那些吃人的猛兽。他一想到自己会被野兽撕成碎片，嚼得连骨头也不剩，就胆战心惊。这一带野狼成群。他常常听到从四面八方传来的狼嚎，使人感到不安。他被恐惧包围着。他不由自主地举起两只手臂，要屈服于这种恐惧。

狼越来越多。常常有三两成群的狼从他面前跑过，似乎还避开他。大批的狼群，他还没有遇到。此地的野狼善于捕食驯鹿，这主要是因为驯鹿在受到攻击时从不进行反抗。也许在狼的眼里，这种两条腿直立行走的怪物还不敢对他轻举妄动。

又一个傍晚，他找到一些骨头，这是野狼留下的。一个钟头之前，这些骨头还是一头活蹦乱跳的小鹿，它蹦蹦跳跳地跑着，发出可爱的叫声。也许，在天黑之前，他也将变成一堆白骨，被丢弃在这天边的荒野。那么，难道生命不过如此吗？他强烈地体会到生命的脆弱和生命的无限的空虚。活着，就意味着吃苦，忍受饥饿和孤独，而死，却并不是一件艰难的事。就像睡着了一样，只是生命的终结，永久的安息。那么，为什么他不愿意心甘情愿地接受死亡呢？

他没有长久地去思考这些严峻的问题，而是迅速地蹲下去，捡起一块骨头放进嘴里，贪婪地吮吸着骨头。香甜的肉味，被回忆勾起，却使他发狂。他咬紧骨头。用力地咀嚼着。有时，骨头被咬断了，有时，他的牙齿被硌碎了。一些又大又硬的骨头，他就用石头去砸，把这些骨头捣成糊状，狼吞虎咽地吃了下去。匆忙之中，他用石头砸伤了手指，奇怪的是，他竟然投有感觉到疼。

接下来的几天情况更糟，不是雨，就是雪，他说不清自己什么时候停下来休息，什么时候又重新上路了。他没日没夜地朝前走。在哪里摔倒，就在哪里随地休息；只要还有一口气，就要继续前进。他已经不再像一个人那样去苦苦地挣扎和反抗了。他不愿意死掉，是因为他热爱生命，渴望活下去，所以他要前进。他不再感到痛苦了，他的神经已麻木不仁，或者是睡着了；他的脑子里充斥着各种各样快乐的梦境。

这些日子里，他不停地吮吸和咀嚼那只小鹿的碎骨头。他已不再翻山越岭，而是本能地顺着一条大河的坡岸往前走，这条大河从一个宽阔的谷地流过。他的灵魂和肉体虽然还在一起，但它们之间的天然联系已经变得非常松散了。幻象一再地出现在他的眼前。

一天早晨，太阳很明亮，阳光很温暖，他躺在一块平坦的石头上，头脑很清晰。他听见了从远处传来的小驯鹿的尖叫声。他恍惚地记得下过雨，刮过风，飘过雪；这种恶劣的天气不知道究竟持续了多久，是两天还是两星期，他一点也不清楚。

他长久地安静地躺在那里。太阳把温暖的阳光慷慨地洒到这个人身上，温暖着他的可怜的躯体。“天气真是太好了！”他忍不住这么想。也许他能借助太阳来确定一下自己此刻的位置。他艰难地翻了个身，他面前的是一条河，河面宽阔，水流缓慢。他感到十分惊奇。顺着河流望去，他看到这条河在光秃秃的荒山之间蜿蜒，这些山所呈现出来的那种荒凉、冷清超过了他平日里看到过的任何荒山。于是，他迟缓地，漠然地沿着这条河向天边望去，他看到了这条陌生的河流流向了大海。这意外地发现并没有使他激动。“奇怪极了！”他这么想：“这大约就是人们所说的海市蜃楼吧，也许是幻像，也许是神经错乱导致的。”当他进一步看到那些停泊在海中的大船的时候，他就更坚定了自己的想法。他把眼睛合上，过了片刻，又睁开。奇怪的是，幻像并没有消失。不过也用不着奇怪，他知道，在这个荒僻的地方不可能看到大海，也不会有大船，这就像他清楚地知道他的空枪膛里没有子弹一样。

有声音从他背后传来，不像是呼吸，像是咳嗽。他费了很大的力气才使自己僵硬、虚弱的身体翻了过来。附近没有什么东西。他耐心地等了一会儿，呼哧声和咳嗽声又响起来，顺着声音找去，在两块顶部很尖的石头之间，他看见一只灰狼的脑袋，离他有二十步远。狼的两只耳朵是耷拉着，不是向上竖起。一双布满血丝的狼眼，浑浊无光，脑袋低垂着。看上去这只狼病得不轻，它又是喷嚏，又是咳嗽。

“至少，这总不会是幻象吧。”他边想边重新翻了个身。他要用这双刚刚被证实过的目光，穿过幻想的烟云去观察真实的世界。然而大海仍旧在远方闪闪发光，大船也好像近在眼前。也许，这些全都是真实的。他闭上眼睛，沉思起来。最后他终于明白了眼前的这一切。他离开狄斯河之后就向东北方向偏去，结果走入铜矿河的河谷。这条河面宽阔、流速缓慢的大河就是铜矿河，而远处闪闪发光的大海正是北冰洋。那停泊在海上的是一艘捕鲸船，它本来是应当驶向麦肯齐河口的，由于太偏东了，只能停泊在加冕湾里。他想起自己曾经看到过一张哈得孙公司的地图，在那幅地图上，眼前的这一切都清楚地标着。

他坐起身来，开始思考自己目前的处境和最直接的利益。脚上裹的毯子早已磨成了碎片，脚被磨得没有一块完整的皮肉。最后的一小条毯子也用完了，什么东西都没有了，放在帽子里的那份火柴也没有了。不过小荷包里的火柴还在身上，他打开油纸包看了看，还是干的。他看了看时间，十一点。他从来也没有忘记给表上弦。

能够很好地保持镇静，说明他还有理智。他的身体一直处于精疲力竭、极度虚弱的状态，但疼痛已经没有了，饥饿感也消失了。他的所作所为完全是理智。他把两条裤腿从膝盖撕下来，包上脚。白铁盒没丢，仍系在身上。他打算把开水备足后，再起程向停泊在加冕湾的捕鲸船进发。他充分地认识到这最后行程的艰难困苦。

他的身体像失去知觉了一样，每做一个动作，都引得全身颤抖。想去拾一些干苔藓，可是他站不起来。试了几次都没有成功。最后他只好爬行。有一次他爬到离病狼很近的地方，那只野兽快快不快地避开了他。

他生命中最后的气力渐渐耗尽，每走一分钟就必须停下来休息。他的步子轻飘飘的，摇摆不定。那只病狼也用同样的脚步跟在他的身后。天黑了，闪闪发光的大海消失在黑暗中。他算了一下，这一天他向大海之滨移动了不足四英里。

夜里，陪伴他的除了那只病狼的咳声之外，还有小驯鹿的叫声。在他的四周，到处都有向上的健康的生命。他明白，那只病入膏肓的狼跟在他这个奄奄一息的人后面，是希望人先死去。

早晨醒过来，他睁开双眼，看见狼正直勾勾地望着他。这只饥饿的野兽，像一条生病的丧家狗，耷拉着脑袋，夹着尾巴，蹲在寒风中瑟瑟发抖。当他用嘶哑无力的声音对它大声叱喝时，它便没精打采地龇龇牙，却没发出一声响动。

太阳又升起来了，这是个早晨。闪闪发光的大海仍然吸引着他向前移动。他摔倒了，爬起来，又继续向前走。气候非常宜人，正赶上了高纬度地区少有的艳阳天。如此晴朗的天气，可能持续一周左右，但也许明天或后天就结束了。

午后，他发现了人的足迹，另一个人的足迹。这个人用四肢爬行过之后，留下了模糊的脚印。他想，这很可能是比尔的足迹。不过他并不在乎这个，他只是暗暗地想了一下。对他来说，这已都无所谓。对于人和事的热情和兴趣在他身上已完全丧失了。他不再感觉到痛苦，因为神经和胃都已睡着了。残存的幽暗的生命之火还在驱使他继续前进。疲乏已经使他的意识近乎熄灭，是求生欲还在顽强地抗拒死亡。他吞食沼泽的浆果和水坑中的鲦鱼，烧开水喝，时时刻刻在提防那只病狼的袭击，这一切都是为了使生命得到延续。

他跟着那另一个人的足迹行进。没有多久，他就看到了那个人的旅途尽头：被啃光的骨头堆在潮湿的苔藓地上，附近还残留着狼的爪印。他还发现了一只鹿皮口袋，已经被牙齿扯破了。他的手没有力气去拿这只沉重的口袋，但他还是设法使它竖了起来。原来，比尔一直没舍得扔掉这个。哈哈！现在轮到他来嘲笑这个无情的贪财的家伙了。假设比尔活着，他就能把这些金子带到那大海中的船上。他发出可怕的笑声，像乌鸦的怪叫一样难听，那只病狼也跟着发出更加可怕的惨叫，他听了立刻沉静下来。假如真的是比尔，这堆被啃光骨头真的是比尔身上的，他怎么能冷漠地嘲笑他呢？

他转身走开了。尽管比尔抛弃了他，他也不能拿比尔的黄金，也不能吮吸他的骨头。如果颠倒一下，让比尔处在他的位置上，也许他可能这样做。他边设想着这种可怕的情形，边艰难地继续前行。

他来到一个水坑边，俯下身去寻找鲦鱼。突然，他看到了那映在水中的自己的脸。这张可怕的面孔，把刚刚恢复神智的他吓得不知如何是好。水里有三条鲦鱼，不过水很多，别想舀干。他想解下自己的白铁盒子去捞那三条小鱼，但还是放弃了。他害怕一头栽进水里淹死。由于同样的原因，他没有敢爬上沙洲中的大圆木头。他害怕被河水冲走。这种圆木在沙洲上到处都有，几根并排，顺流而下。

这一天，他向目标前进了三英里。又一天，又前进了二英里。

现在，他已经像比尔所做过的那样，开始爬行。到第五天傍晚的时候，他估计自己距那条大船还有大约七英里的路程。现在，一天下来，他连一英里也爬不出去。天气依然十分晴朗。他有时爬着爬着，一翻倒在地昏死过去。那只病狼仍然紧跟着他，它不停地咳嗽，大声地喘气。膝盖和脚掌磨烂了，血淋淋的肉裸露着。他把衬衣撕开，用来包扎脚和膝盖。在他爬过的苔藓地、岩石上，不断地留下一条血迹斑斑的路。当他回头望去时，看到那跟踪他的病狼，正在贪婪地舔着他的血迹。他看得出，如果他不先把这只狼弄死的话，等着他的将会是怎样悲惨的结局。于是，在人和狼之间，为了争夺生存的权利，展开了一场你死我活的战斗。生命垂危的人爬行着，奄奄一息的狼紧紧地跟在后面。他们冤家路窄，相逢在这个荒野上，各自进行着垂死挣扎，共同走上了一条你死我活的生存竞争之路。他们艰难地向前走着，小心谨慎地防备着对方，哪一个都想灭掉，而不被另一个所灭掉。如果这是一只健康的狼。那么人也不可能活到现在了。一想到自己要落入一只苟延残喘的病狼口中，他就非常恶心，难以忍受。越是看不起这只生病的畜生，他就越不甘心如此了却残生。他又开始胡思乱想起来，神志不清，充满幻觉。头脑清醒的时间变得越来越短。

有一次他的知觉恢复了正常，听到耳边有喘息之声。他睁开了眼，狼被惊得向后跳去，由于慌张，在什么地方绊了一下，倒在地上，样子十分滑稽。可是，对于这一幕，他既没有感到可笑，也没有觉得害怕。无论怎样，他都不再有恐惧。他的脑子又变得清晰起来，躺在地上他考虑着，离那条大船顶多还有四英里。揉了揉眼，他看得清清楚楚。他甚至看到了一只悬挂着白帆的小船，乘风破浪，航行在闪闪发亮的大海上。但是他再也无力走过这最后的四英里了。对这他也十分清楚，而且非常平静。他明白了他连半英里也爬不动了。命运对于这个可怜的人太残酷无情了。哪怕是到了弥留之际，他也决不向死神屈服。这是发疯吗？不！就是死神的魔力抓住了他，也仍然要跟他战斗到底。

他闭目养神。然后，他强打起精神，咬紧牙关，硬撑着不让那令人窒息的疲倦把自己完全淹没。疲倦的感觉像一个波涛汹涌的大海，一浪高过一浪，吞没着他的意识和知觉。有时这潮水将他席卷而去，他陷入昏迷之中：这个拒绝死亡的人，仍在奋力地往上浮，那残存的生命意志以一种无法理解的方式在支撑着他，并助了他一臂之力，使他重新浮出水面。

他仰面而躺，一动不动。他听见那只病狼比平日里更沉重地喘着粗气，在一点一点地向他逼近。这个漫长的过程不知持续了多久。他仍然一动不动地躺着。喘息声已在耳边了。那条粗糙发黄的干舌头像沙纸一样，舔到了他的脸。直到这时，他猛然伸出了双手。是埋藏在无意识深处的求生欲望，驱使他完成了这个动作。不过，他那双弯得像鹰爪一样的手还是抓空了。他的身体没有足够的力量，使这一动作迅速、准确而有力。

狼的耐心简直大得惊人，而人的耐心更大。他静止不动地一躺就是半天，这是一场漫长的与昏迷所作的不懈的斗争，同时也是一场与狼进行耐力对抗的生存竞争。狼想吃掉人，人要除掉狼。昏迷的海潮不停歇地涌来，他长久地进入梦乡。在这个潮长潮落的过程中，无论睡着还是醒着，他都在等待、等着那沉重的喘息声和粗糙的干舌头。

这一次他却没有听到喘息之声。他感到那粗糙的舌头在舔他的手。他等着不动。狼牙先是轻轻地咬住了他的手，接着就咬紧了。这只狼终于拿出了它生命中留存的最后一点力气，咬进了他的身体里。然而，人也走过了漫长持久的等待之途，对这最后的较量有充分的准备。他聚集起全身的力量，用那只被咬伤的手卡住了狼的下巴。狼已经没有挣扎的力量了，而人也无法再卡紧一些。他用尽最后一点力气，抽出另一只手，狠狠地将狼抓住。五分钟之后，狼被压在人的下面。由于没有足够的力量把狼掐死，他用牙齿咬住狼的脖子，满嘴狼毛。半个钟头之后，这个人感到自己嗓子里有一小股热乎乎的东西，最后还是流进了他的胃里。对生存的渴望使他饮下了狼的血。后来，他翻了个身，仰面朝天睡着了。

“拜德服德号”捕鲸船上的几位科学考察者，在甲板上嘹望时，发现海岸上有个怪物。它在沙地上一点一点地向大海靠近。科学家们看不出这是一种什么动物，作为自然的观察者，他们对此很好奇，于是就登上小艇，来到岸边。

他们看到的这个活的动物，已经很难再把他称作人。他的听觉和视觉都丧失了，知觉和理解力也令人怀疑，什么也不明白，像一只巨大的怪虫，在沙滩上不停地蠕动着。他的努力已经起不到任何作用，但是意志上的坚持不懈使他仍然向爬行，以每小时向前二十步的速度移动着。

三周后，这个人躺在“拜德服德号”的床上，泪流满面地告诉人们他是谁，他从哪里来，有过怎样的痛苦经历。从他语无伦次的叙述中，人们了解到他的母亲住在南加利福尼亚，在橘林掩映的鲜花丛中，他们有一座自己的住宅。

又过了一些时候，他已经可以和科学家及船长一道坐在桌边用餐了。丰盛的食品使他很高兴，吃饭时他却惊恐地盯着被人们放进口中的每一块面包干，脸上流露出非常惋惜的神情。他神志并无异常，却会无理由地憎恨桌旁用餐的所有人。他最大的恐惧就是生怕饭不够吃。他三番五次不厌其烦地去问厨师、少年见习水手及船长本人，储备的食物够不够用。他们一再地使他相信，食品充足，但是他对谁也不相信。他多次悄悄地去仔细察看过储备食品的仓库，这才放下心来。

人们看到，他的身体逐渐康复，一天比一天胖。科学家们莫名其妙，提出种种假设。他们限制他的饮食也无济于事，他继续发胖，腰部粗得吓人。

经过一番观察，科学家们也知道了个中秘密。早饭之后，他无精打采地离开餐厅，像乞丐那样对每一个水手伸出手去。水手送给他一块面包干。这个人拿到面包干，就像守财奴看到金钱一样，然后塞到衬衣里。每个水手都送面包给他。

科学家们默不作声，不去惊动他。他们悄悄地搜查了他的床铺，结果发现床上放满了面包干。在每个角落里都能找到食品。他这么干，是害怕饥饿再次降临。科学家们相信，他会恢复常态的。果然，在“拜德服德号”捕鲸船到达旧金山港之前，这个人已经完全正常了。

旷野的呼唤

一 命运多桀

鲍克没有读书看报的习惯，不然，他便能知道大祸临头了。这麻烦甚至还会波及从普吉特海峡到圣迭戈沿海的那些健壮的长毛狗。因为人们不仅在黑暗的北极里探索发现了一种黄色的金属，加上轮船运输公司的大吹大擂，于是，人蜂涌结队地涌向北极。那里有他们需要既能承担艰苦的工作，又可以抵御冰雪的大狗。

鲍克住在圣科拉拉山谷的一座幽深大院里，它沐浴在阳光下，远离闹市，被树木遮挡，树木荫庇，透过树枝缝隙，依稀可见四周宽敞阴凉的走廊。

沿着铺满碎石的车道，蜿蜒穿过几大片草地。高大的白杨枝条错综，遮蔽了车道两旁。房屋的后面，有几间宽大的马厩，成打的马夫仆人正高谈阔论；几排仆人住的房子上挂满了葡萄藤；一幢幢整齐的下房一望无际。几排长长的葡萄架，几处绿油油的牧场、果园和种有草莓的田圃，还有喷水井上的抽水机，一口水泥砌成的池塘，米勒大法官的孩子们早晨在那里洗浴，下午炎热时乘凉。

鲍克生在这里，已经生活了四年。他是这座大庄园的主人。当然，这么大的庄园，还有一群其他的狗，只是不被人们重视而已。

他们来来往往，住在破旧不堪的狗窝里，或黯然无光的屋子的角落里，像日本种的哈巴狗图茨或墨西哥的没毛狗伊莎倍尔那样——这些奇怪的家伙很少将鼻子伸出门外或将脚踩在地上。另外，至少还有二十条捉狐狸的㹴狗。当图茨和伊莎倍尔在女仆们用扫帚抹布保护下，从窗口探出头来看着他们，他们就恶狠狠地大声叫骂。

但是，鲍克既不住室内，也不住狗窝。整个领地都是他的。他和大法官的少爷们一起跳到游泳池里，有的时候出去打猎。当大法官的女儿默丽和埃丽丝早晚长途漫步时，他护送她们。冬天的晚上，在书房熊熊火炉前，他在大法官的脚下坐着。他将大法官的孩子们驮在身上，让他们在草地上玩耍，保护他们徒步去进行疯狂的探险，一直到马厩那边水龙头那儿，甚至比这还要远一些，到种牧草的地方和种植草莓的田圃那里。

他在㹴狗们中昂首阔步，完全不把图茨和伊莎倍尔放在眼里，因为他是国王——是米勒大法官府邸这个王国中一切走的、爬的、飞的东西的国王，连人类也包括在内。

他的父亲埃尔默——一条圣贝纳种的大狗，曾经是大法官寸步不离的伙伴。鲍克大有继承父亲的仪表的希望，虽然体形不太大，体重不过一百四十磅，因为他母亲希波是一条苏格兰种牧羊狼狗。就算如此，一百四十磅的体重，加上优裕的生活，以及普遍尊敬所赋予的威严，看上去也派头十足。

自出生那天算起，四年以来，鲍克一直过着一种贵族式的优闲自得的生活。跟那些因孤陋寡闻而沾沾自喜的乡村绅士相似，他一向有些自负，自高自大。不过，他也并未使自己堕落成整天无事可做的无聊的室内狗，如同打猎的户外运动减少了脂肪，锻炼了肌肉。而且，和对其他作冷水浴的种族一样，水对他既是一种补药，同时又是一种保健剂。

一八九七年秋天，鲍克一直就是这样的生活。

那时，科郎代克的惊人发现，将人们从全世界的每一个角落吸引到冰天雪地的北国。

但是，鲍克既不读报，也不清楚作为园丁助手之一的曼纽尔根本不能当作朋友。曼纽尔有一个老毛病改不掉——喜欢中国式的赌博；而且，赌博时又有一个很坏的习惯——只相信一种必胜的方法。自然而然，如此下去，他肯定会一败涂地。因为，必须有钱，才能按一定的方法赌博，而曼纽尔的工钱，连最基本的养家糊口都还不够。

一个令人印象深刻的夜晚，大法官去葡萄干制造业协会开会去了；孩子们正兴高采烈地组织运动会，曼纽尔实施了自己的诡计。

没有人看到曼纽尔和鲍克穿过果园，鲍克自以为这仅仅是很平常的散步。他们一直走到高等学校公园旁边那个很小的信号停车站。

除了惟一的男人，没人看见他们。这人与曼纽尔交谈着。

陌生人瓮声瓮气地说："交货以前，必须把他捆起来。"

曼纽尔将一根粗绳子拴住鲍克的脖子，扎在铜颈箍下面，"只要把绳子拴得牢牢的，就能勒得他没办法喘气。"

陌生人哼了一声，十分赞同。

鲍克坦然地接受了这根绳子，他已学会了信任自己熟悉的人，相信他们的智慧是自己所永远达不到的。这明显是一个新花样。当绳子的一端递到陌生人手中时，鲍克气愤地表示不满。

他自信这表示就是命令，不过，让他感到吃惊的是，脖子上的绳子勒紧了。他勃然大怒，一跃而起，扑向陌生人。还没有扑到陌生人身上时，那个人紧紧扼住他的喉咙，巧妙地一扭，便将他四脚朝天地打翻在地。现在，无情的绳子收得更紧了，鲍克挣扎着，疯狂地叫喊着，舌头从嘴中吐了出来，宽阔的胸脯一起一伏。从出生到现在，从来没有人如此凶狠地虐待过他，而他从来也未这样愤怒过。

但是，渐渐地，他的眼睛模糊了，没有力气了。当信号旗让火车停下来，两个人将他抬到行李车上时，他几乎昏过去了。

他苏醒过来的时候，茫然地感到舌头受了伤，感到整个身子在一个什么运输工具里，动荡不安。火车沙哑的笛声在铁路交叉的地方响起，他可以凭此判断出自己在哪里。以前，他跟大法官进行过好几次旅行，但是，从来没有经历过坐行李车的滋味。

他睁开眼睛，像一位遭到劫持的国王一样怒气冲天，那个人跳过来，又勒他的喉咙，但是，他比那人更快。他的牙齿咬住了那只手，直到被勒得再次昏过去才松开。

为了不让管理行李的人看见，那人藏起被咬烂了的手，说："哦，这家伙有疯病，老板让我带他到旧金山去。据说那里有位兽医，可以给他治好。"

在旧金山市海边一个酒店后面的小房子里，这人绘声绘色地叙述了一遍这天晚上的旅行，为自己表白一番，不高兴地说："我才挣五十块钱，下一次，就算给我一千块现钱，我也不干了。"

一只包着手的手绢已经沾满了血迹，右脚的裤管从膝盖到脚踝被撕裂。

酒店的老板问："另外那个傻瓜得了多少？"

"一百块。一个子儿也不少。"

老板估算着："这样算，就是一百五十块了。值，要不然，我就是傻瓜。"

那位绑架者解开手上缠的绷带，看一看自己破烂的手："我肯定会患上狂犬病了！"

"那当然了，因为你生下来就是受绞刑的料。"酒店的老板不以为然，又说："来吧！在你出发以前，再帮我做点事。"

被勒得半死不活的鲍克，舌头、喉咙痛苦不堪，神志不清，他很想报复那些虐待他的人。他们一次又一次将他打倒，打得他几乎要死掉。终于锉掉他脖子里粗大的铜箍，解掉绳子，然后把他放入一只木制的笼子里。

他愤怒极了，卧在笼子里，过了疲乏的一夜。他不知道，这一切意味着什么。这些陌生人会怎样对待他呢？他们为什么将他关在木笼子里呢？

鲍克并不明白这一切的原因，但他隐隐约约感到，没有什么好事情会等待着他。夜里，那间小屋子的门几次吱吱扭扭地开着，他立刻跳了起来，以为会看到大法官或者孩子们，不过在用野兽的脂肪做成的蜡烛的昏暗光线的照耀下，每一次过来窥视的都是酒店老板的那张胖脸。鲍克喉咙中每次发出的愉快的叫声都立刻转变成一种凶狠的咆哮。

不过，酒店的老板并没打扰他。

早晨，四个相貌丑陋，衣衫褴褛，首如飞蓬的男人，来到这里准备抬他走。鲍克以为他们又来迫害他，隔着栅栏，大喊大叫。但他们只是哈哈大笑，然后边笑边用木棍打他，他就用牙咬棍子，最后才恍然大悟，这正是他们所希望的。

他愤怒地卧下来，听任他们将笼子抬到一辆货车里。后来，他与关着他的木笼，在许多人的手中倒来倒去。先是运输公司的事务员看管他，然后人们又载之以另外的货车，一辆大板车将他和很多行李物品一起运上一条渡轮，大板车将他运到火车站，最后，他被送到一辆特快列车里。

鸣叫着的火车头拉着这列特快奔驰了两天两夜，鲍克滴水未进。最初，车上的信差善意地表示亲近，他不信任地大叫大嚎。于是，他们来报复他，他气得浑身颤抖，扑向栅栏。他们却嘲弄他，侮辱他，模仿讨厌的狗怒吼、狂叫的样子，他们还上下挥舞胳膊模仿鸡叫。鲍克知道，所有这一切都令人作呕，不过这样一来对他自尊的伤害也就更重。

他不太在意饥饿，不过，没有水喝却是致命的，煽得他的怒火越来越大，几乎要爆发了。他既紧张又敏感，虐待使他发狂，喉咙和舌头干燥的感觉更如同火上浇油一样，增加了他狂热的程度。

脖子里的绳子没了，他为此舒了一口气。绳子让他们占了阴谋诡计的便宜，不过绳子没了，他会给他们颜色的。他下定决心，不能让他们往他的脖子上拴绳子了。这两天两夜，他虽然饥饿难耐，但只有满腔的愤怒。双眼像血液一样红，像狂怒的恶鬼一样，无论谁第一个碰见他，谁就会倒霉。他已经变得连大法官也不认识他了。

火车到达西雅图，信差们将他搬下火车，任务终于完成了，他们这才轻松下来。四个男人从货车上慢慢地抬下笼子，放到一个高墙围成的小院里。一个身强力壮，穿一件松领口红卫生衫的人走了出来，在车夫的本上签了字。

鲍克想，这人就是即将面对的迫害者，就立刻凶猛地扑到栅栏上。

那人没有说话，拿过来一把斧头，一根棍子。

车夫问："你现在就弄出他来吗?"

"是的。"那人一边回答，一边用斧头撬笼子。抬进笼子来的四个人马上四散跑开，将墙头当作安全的栖身之地，在那里远远观望。

鲍克连咬带撞，扑向快要破裂的栅栏。外面的斧头落到哪儿，他就扑向哪儿。他狂怒地咆哮着，身穿红卫生衫的人却十分沉稳，从容不迫，引他出来。

当砍成的洞足以容纳鲍克的身体通过时，他便停了下来，将棍子换到右手，说："来吧！你这个红眼魔鬼!"

此时的鲍克，的确是一个红眼魔鬼：血红的眼睛令人看后心惊胆颤，毛发耸立，口吐白沫，一百四十磅的体重满载着被囚禁的两天两夜的怒火。他满腔怒火地跳起来扑了过去。当他跃起的身体还在空中，牙齿刚要合拢咬人的时候，冷不防被当头一击倒了下来，牙齿也极其痛苦地喀嚓一声合拢了起来。有生以来，他还没有被人用棍子打过，他翻了一个身，跌倒在地。

他吼了一声，然后又爬起来，跳向空中。不过同第一次一样将他再次打倒在地，这一次，他知道是棍子，但他如同发了疯一样，无数次地发起进攻，棍子则每一次都击退他的进攻，将他打倒在地。

一次特别凶狠的打击后，他终于丧失了再次攻击的力量与信心。他伤痕累累，步履蹒跚，鼻子、嘴巴和耳朵同时滚滚地淌出血来，漂亮的毛发被喷溅的斑斑血迹污染了。那个人走过来，对准他的鼻子不急不忙但却要命地打了一下。这一下剧烈的疼痛，使得他眼前遭受的一切痛苦都显得微不足道了，他像狮子一样大吼一声，向那人扑了过去。不过，那个人沉稳地将棍子换到左手，一把抓住他的下颚，向下向后一扭，鲍克就在空中划了一圈半，彻头彻尾地跌倒地上。

最后，他又冲了一次，那人不急于动手，他巧妙一击，鲍克就跌倒在地，缩成一团，完全失去了知觉。

墙头上有人热情地喊道："看起来，他训练狗可真有手段。"

那个车夫已经爬上货车，准备前进，回答说："他的手段，完全能用来训练野马！每到周日，还可以来两次。"

鲍克恢复了神态，却没有气力。他卧在地上，仔细观察着身穿红卫生衫的人。

那人看着酒店老板的信——那封信将笼子和笼子中的货都交给了他，说道："名叫鲍克，"又殷勤地说，"鲍克老兄，感觉怎么样，现在，最好算了吧。你现在知道你的地位，我也知道的。做一条好狗，前程光明，一切都好；做一条坏狗，我会将你的五脏打出来，清楚吗？"

他说完拍拍刚刚被他残酷无情地毒打过的脑袋。在他的手的抚摩下，鲍克不由自主地耸起毛来，不过他并没有抵抗。那人给他拿过水来，他急忙喝了，然后又大口大口地囫囵吞吃了好多块生肉。

他被打败了（他清楚这一点），只不过没有被驯服，根据这一次，他很清楚自己根本不可能战胜一个手持棍子的人。他记住了这个教训，一生也不曾忘记。在他看来这根棍子是一个启示，是他进入原始的规律支配下的第一步。

严酷的现实生活显现出凶恶的面目，一方面，他勇敢地正视这种局面；另一方面，他用被唤醒的潜藏在本性中的全部想法来对付它。

随着时间的流逝，其他的狗一只只被运了过来，被关在笼子里或用绳拴着。他们中有的驯顺，服从；有的狂叫怒吼，像他刚来的那样。他看着他们，一个个全部归降到身穿红卫生衫的人的管理下，一次又一次地看着那种残酷行为，那种教训就一刀一刀地刻在他心上。一个手持棍子的人，虽然不必讨好，但却是立法者，是必须服从的主人。关于最后这条，鲍克十分小心地遵循着。的确，他见过被人打败的狗向人屈服，舔人的手，向人献媚；但他也见过从来不曾屈服的狗，最后在争夺支配权的争斗中被人杀死。

一些陌生的人经常来到这里，兴奋地用各不相同的态度，花言巧语，和穿红卫生衫的人谈话，如果他们付了钱，就可以任由他牵走一条或几条狗。因为这些狗一去不复返，所以，鲍克也不知道他们到哪儿去了。他非常恐惧未来，当没人选中他的时候，他就感谢上帝。

不过后来还是轮到他了。一个矮瘦枯干的男人讲一口不标准的英语，其中又夹杂着许多令人胆颤的叫喊，鲍克听不懂。

他看见鲍克，嚷道：“哎哟！不错！这条狗好极了！喂！多少钱?”

身穿红卫生衫的人爽快地回答：“三百，等于白送！既然政府出钱，你肯定乐意了，哦，波立特。”

波立特此刻笑了笑，由于特别需要，狗价早就涨上了天。加拿大政府可不想吃亏，不过，也不希望延误了政府的公文。所以，这么好的一条狗，这个价钱还可以。

波立特会鉴别狗，他一看见鲍克，他就认为他是千里挑一，甚至是万里挑一的。

鲍克看着他们交易完毕，所以，当这个矮瘦枯干的人牵着他和一条好脾气、名叫克丽的纽芬兰种的狗走的时候，他感到很正常。

那是他最后一次看到身穿红色卫生衫的人，当他与克丽在纳赫号船的甲板上回头远远看着西雅图离去的时候，也是他最后一次看见温暖的南方。

波立特将他与克丽牵下舱，交给一个名叫福楼沙的人。波立特是一个加拿大籍法裔，皮肤黝黑；福楼沙是加拿大籍，法国人与印第安人生的混血儿，在鲍克眼里，他们是一种新的人（命中注定，他将会看到许多这样的人）。他一方面对他们没有好感，另一方面却忠于他们，尊敬他们。很快，他看到，波立特与福楼沙为人公正，对狗的了解非常透彻，不会上狗的当的。

鲍克与克丽在纳赫号的底舱，在这里他们碰见了另外两条狗，其中一条来自斯匹茨卑尔根群岛。一个捕鲸船的船长带他出来，以后他又跟着一个地质勘探队去过荒原。这是一个笑里藏刀的家伙；面上微笑时，却心怀鬼胎。第一次吃饭，他就偷吃了鲍克的东西，鲍克这时想要惩罚他。福楼沙的鞭子一响，立刻打在了那个家伙身上。

鲍克除了骨头，什么也没得到。他想，福楼沙处理事情公正，开始尊敬这个混血儿。

另外一条狗，对外面世界漠不关心。这家伙忧郁孤僻，也不想去偷新来的狗的食物。他向克丽表示，他只求自由自在，要不然那就麻烦了。他的名字叫“达弗”，吃了便睡，或打呵欠，什么事情都不会收起他的兴趣，甚至当纳赫号渡过夏绿蒂王后海峡时，轮船像中了邪一样，连旋转带颠簸，他也依然故我，无动于衷。鲍克和克丽，恐惧得几近疯狂，他却不以为意，抬起头来，好奇地瞥了他们一眼，不动声色，又睡着了。

随着发动机不倦的运动，轮船不停地颤动着，每天周而复始，但是，鲍克明显地感到，天气变得寒冷了。终于，在一天早晨，发动机不再运转了，一片激昂的气氛笼住了纳赫号。鲍克，还有别的狗，他们一致认为什么变化即将发生。福楼沙用皮带拴住他们，带着他们上了甲板。

鲍克刚一踏上冰冷的舱面，脚就陷到了一种洁白松软、泥似的东西里面，他哼了一声，跳了回去。这种白色的东西是从空中飘落下来的，鲍克抖抖身体，又有许多落到了身上。他好奇地嗅一嗅，又用舌头舔了舔，一下子就没有了。他不可思议地又试了一下，结果一样。

旁边的人们哄堂大笑。鲍克很奇怪人家为什么笑他，感到很害羞。那是他生平第一次看到雪。

二 残酷的新生活

在代牙海岸上，鲍克度过了他出行的第一天，在这一天里，每时每刻都充满着震骇和惊奇。他在突然之间，被人从文明的中心抓了出来，丢到了原始的混沌之中。

与往日那种终日逍遥、无所事事、漠不关心、懒洋洋的温暖幸福的生活区别很大，这里既没有和平，也不能休息，没有瞬间的安宁。一切都显得混乱不堪，没有头绪，生命和肉体时时刻刻都处于危险中。这里的狗和人不同于城市里的狗和人，他们都是野蛮的，除了棍子与牙齿的法则以外，不知道任何规矩，因此，必须经常保持警惕。

他从来没有见过，这里的狗打架像狼那么凶，第一次就使他进行了一次终生难忘的教育。当然，那借鉴的是别人的经验，要不然，他也不会活着使用这个经验了。

牺牲者是克丽。他们的营地在一个木材货栈附近，克丽向一条赫斯基狗表示友好。那只长得非常像狼的狗，长得不大，没有警告，只是闪电般一跳，牙齿发出咯嘣的声响，动作很快，撕破了克丽从眼睛到颚骨的脸。

这种打仗的方法与狼一样，攻击一下，然后立即跳开。不过，事情仍在继续。三四十条赫斯基狗闻讯而至，围成圆圈，将两位战士围在中间。

鲍克对他们这种沉默专心的态度大为不解，也不知道他们为什么贪婪地舔嘴巴。克丽冲向敌人，敌人却跳上来攻击，接着又跳开。克丽第二次冲击时，对方用胸脯迎住，然后很突然地将她打翻在地。正在袖手旁观的赫斯基狗一看时机已到，于是疯狂叫喊着一拥而上。克丽被埋在狗群密集的毛茸茸的身体下面，一阵阵撕心裂肺地惨叫，从此，再也没有爬起来。

这样的突然和出乎意料，吓了鲍克一跳，他看见斯帕斯伸出深红的舌头在笑，又看见福楼沙舞着斧头跳到狗们的宴会上，他们三人手持棍子帮他赶走他们。

时间并不长。克丽倒下只两分钟，那些攻击她的狗们已跑得无影无踪，然而，克丽也几近名副其实地被撕成了碎片。那个黑肤色的混血儿站在她身旁，一边低头看，一边恶毒地咒骂不已。后来，这情形经常将鲍克从梦乡惊醒。在这里这种事情很正常，你一倒下，就注定玩完儿。必须小心，永远也不要栽跟斗。斯帕斯又伸出舌头来笑了，鲍克对他的仇恨深深地刻在他心中，永远不可能消除了。

鲍克还没有从克丽的悲剧所造成的震惊中恢复过来，很快便经历了另一次打击。像他在家时看见马夫们给马套挽具一样，福楼沙也往他身上套了一件有皮带、带扣的东西，他如同马那样开始了工作，拉着载有福楼沙的雪橇到山谷边的森林里去拉木柴。尽管将他作为拉车的牲口有伤他的尊严，不过他并不反抗；虽然这项工作对他来说很新鲜，但他勉强服从，不遗余力。严厉的福楼沙要求立刻服从，并凭借鞭子的力量逼迫他们。与此同时，只要鲍克稍有过失，作为压阵的、有经验的达弗就咬他的后腿。斯帕斯作为领头的狗，也一样有经验，因为不能常常咬到鲍克，他便立刻向他咆哮作为严责，或者将体重加在挽带上，牵制鲍克向前走。

在两个同伴和福楼沙的共同教导下，鲍克的学习很顺利。尚未返回营地的时候，鲍克就懂得了“嗬”是停止前进的命令，“走”是前进的指示，每当拐弯就绕大弯子，每当雪橇飞快地滑下坡，要尽可能地远离压阵的狗。

福楼沙告诉波立特："三条狗都很出色。那个鲍克并不笨，拉起车来吓死人。"

下午，带着公文，忙着赶路的波立特，又带回来两条纯种的赫斯基狗，"比利"和"乔治"。他们虽然是一母所生的两兄弟，但外表看起来却截然相反。比利的脾气过分地好，乔治则凶狠冷酷，露出充满恶意的目光，咆哮不止。

鲍克友善地接待了他们俩。达弗不予理睬。斯帕斯则轮流着咬他们。比利摇尾乞和，看到求和没有用就转身逃跑；斯帕斯的利齿咬破他的腰时，不得不求和。然而，不管斯帕斯如何转圈，乔治始终旋转脚跟，面对他，鬃毛耸立，高耸双耳，咬牙切齿，面目扭曲地咆哮着，十分凶惨的目光闪烁不已——所有这些，都是准备作战的样子，那副可怕的样子吓得斯帕斯只得放弃教训他的想法。为了掩盖自己的那种害怕的样子，他就转过身来，欺负那个不伤害人，不停地哭叫的比利，赶他到营地的尽边。

傍晚，波立特又弄来一条老赫斯基狗，苍老不堪，疲惫憔悴，一张脸带着战斗的伤痕，一只独眼射出的光芒警告别人保持敬畏。他的名字叫索勒克斯，意思是"发怒的家伙"。他和达弗相似，既冷漠又不在意。他慢吞吞地到他们当中，即使斯帕斯也不敢招惹他。不幸的是，鲍克发现了他一种性情，并无意之中犯了这个过失。索勒克斯厌恶别人从他的瞎眼的一边接近他，他立即扑向鲍克，将他的肩膀撕裂了有三寸长，甚至露出了骨头，这才让他知道自己的疏忽之罪。从此以后，鲍克就会远远地回避开他瞎眼的那一边，直到他们之间的同伴关系终结，从此也没再发生摩擦。像达弗一样，他惟一的欲望，是要人家不要烦他。但是，到了后来，鲍克知道，他们每个人都有别的甚至更重要的欲望。

那天晚上，鲍克在睡觉时遇上了麻烦。一支蜡烛照亮了帐篷，鲍克自以为是地走了进去，波立特和福楼沙此刻突然间抄起什么东西猛然攻击他。他惊慌失措，清醒以后，匆匆忙忙地逃到外面的冰天雪地里。

寒风刺透他的骨髓，而且还刺伤了他受伤的肩膀。他卧在雪地上准备睡觉，但是，严寒立刻冻得他浑身颤抖。他真是无可奈何，在一座座帐篷间到处乱走。他发现，根本就没有暖和的地方，到处都有野蛮的狗向他扑来，为了平安地逃跑，他耸起毛发冲着他们咆哮（他很快学会了这个方法）。

最后，他想回头看看一起拉车的伙伴是如何做的。他在辽阔的营地里四处走动，四处寻找他们，不过他们早已消失得无影无踪，不由得让他很是担心。他们在帐篷里吗？不！决不会的！否则，他也不会被赶出来。

那么，他们去什么地方了？鲍克浑身颤抖，耷拉着尾巴，凄凉而又茫然地绕着帐篷走来走去。突然，前脚下面的积雪坍塌了，他陷了进去，他感到有什么东西在下面蠕动。他向后一跳，怀着对这个未见的未知的事物的莫大恐惧，耸毛咆哮着。然而，一小声友好的呼唤让他平静下来，他走回去，仔细观察。比利像一个球似地缩成一团，卧在积雪之中，一股热烘烘的气流直扑鲍克的鼻孔。比利呜呜叫着，并且不无善意地扭动着身体，甚至用温湿的舌头作为求和的贿赂，舔舔鲍克的脸。

哦，原来如此。这又是一个经验。鲍克满怀信心地选定了一块地方，十分费劲地，为自己挖了一个洞。很快，他身上散发的热气就填满了有限的空间。

他睡着了。虽然几次恶梦扰得他恐惧不堪，但他睡得熟而安逸。

营地的种种喧嚣惊醒了他。夜里又下了一场雪，他陷入积雪之中。因此，开始时，他几乎不知道自己身在何处。身体四周全都是雪，那种野兽对陷阱的恐惧之情涌上了他的心头。

这是一种征兆，表明他正从原来的那种生活向祖先过的那种生活还原。他是一条“文明”的狗，而且是一条过分“文明”的狗，自己没有任何陷阱的经验，因此不必去担心。他全身的肌肉本能地抽搐，脖子与肩部的毛发耸得笔直。他发出恐惧的叫喊声，笔直地跳出洞来，到了炫人耳目的光天化日下。雪花漫天飞舞，一个雪白的世界。脚还没落地，他就看到了白雪皑皑的营地，知道了自己的位置，想起了从跟曼纽尔出去散步到昨天晚上自己掘洞这段时间内所经历的一切。

福楼沙大声呼喊起来，欢呼鲍克的出现，他对波立特喊道："好家伙，这个鲍克学得真是再快也不过了。"

波立特庄重地点点头。作为加拿大政府传递重要文书的信差，一条好狗对他来说意义重大，因此，有了鲍克，他十分兴奋。

一个小时之内，又有三条赫斯基狗加入到了他们的队伍中，一共是九条狗。很快地，他们套上挽具，上了雪路，向代牙峡谷进发。

鲍克发现，工作起来心情不错，虽然工作非常艰苦。他很高兴上路，也很惊讶那种鼓舞全体狗队的干劲，这令他干劲十足。他更为惊讶的，是达弗与索勒克斯的变化，他们被挽具彻底改变了，消极与淡漠已无影无踪，积极兴奋，为工作顺利进行而费心，如同旧貌换了新颜。轭下的苦工仿佛是他们存在的最高表现，生活的整个目的，惟一爱好的事业，当耽搁或混乱或多或少妨碍了工作时，他们就十分凶恶地尽情发怒。

达弗是压阵的狗，也是橇前狗，他前面是鲍克，再往前是索勒克斯，剩下的狗在前面排成一队，直到领头狗的后面。斯帕斯始终居于领头狗的地位。

赶狗的人有意识将鲍克安排在达弗和索勒克斯之间接受训练。鲍克是一个极端聪明的学生，而达弗与索勒克斯作为老师也很聪明。他们用利齿进行教训，从来不让鲍克过久地停在错误上。达弗公正聪明，决不毫无原因地咬鲍克，而需要咬的时候也决不会不咬。因为有福楼沙的鞭子替达弗撑腰作主，所以鲍克认为改正错误总比遭到报复要好得多。

一次短时间的休息时，鲍克绞乱了缰绳，从而不能按时出发，达弗和索勒克斯就一起扑上去，严厉地惩罚他，结果更加混乱了。从此以后，鲍克就特别小心，不敢再将缰绳搞乱了。这一天还没结束，他的工作已经做得很好，伙伴们因此也就不再埋怨或欺负他。福楼沙的鞭子甩得很少了。波立特捧起他的脚来仔细察看，作为赏给他的一种荣誉。

那天的奔驰的确不是件轻松的事。他们爬上代牙峡谷，穿过羊寨、鳞山和森林边界线，走过深深的冰河雪堆，而且越过了耸立在咸淡水之间，守卫着荒无人烟的北国的奇尔古大分水岭，及时地顺着一连串的填补死火山喷口的湖泊疾驰直下，终于在深夜，到达了笨乃湖口的大宿营地。无数的淘金者们在那里造木船，作预防春天解冻的准备。

鲍克在积雪上挖了一个洞，然后睡了一觉。次日一早，又被人叫了出来，和伙伴们一起在寒冷与黑暗中驾上了雪橇。这一天，因为雪路已经被压得非常坚硬，他们走了四十英里。可是，第二天，以及以后的好几天里，他们只能自己开辟雪道，因此，走起来更为困难，路也走得更少。波立特照旧走在狗队的前面，用有金属薄片鞋底的雪鞋踏雪，这样可以使剩下的狗不太费力地前进。福楼沙驾驭着雪橇的舵杆，偶尔跟波立特交换一下位置。波立特着急赶路，他认为对冰天雪地条件下赶路所需的知识很熟悉，秋季的冰非常薄，而且急流之处根本没有冰，所以，这种知识很有必要。

鲍克一天一天，没有终止地在缰绳下面做着苦工。他们总是在黑暗中撤营，当第一线黎明的曙光出现的时候，他们已经走了几英里的路程；他们总是在天黑后才宿营，食物也很少，然后就钻到雪堆里睡觉。鲍克馋得很，一磅半鲑鱼干作为每天的口粮，这根本没办法补充体力。他经常忍饥挨饿，很少吃饱过；别的狗则因为体重较轻，食量不大，所以，虽然只有一磅鱼，但已经很满足了。

鲍克很快失去了往日过于讲究的生活作风，以前，他吃东西时很斯文，不过如今伙伴们吃完以后，就来抢他的食物，令他很无奈。刚赶走这几个，别的狗便将东西吞进了肚里。为了不再被抢，他吃得和他们一般快，而且，饥饿逼得他不能再不屑于抓取本不属于自己的东西了。他边观察边学习，看见派克——一只新来的狗，一个很聪明的小偷，在波立特转过身的时候偷了一片咸肉。第二天，他就采用这个方法，弄到了整整一大块，结果引起一阵骚乱。波立特没有怀疑到他，那个冒冒失失的家伙——杜博代替鲍克受到了处罚。

第一次偷窃，显示出了鲍克对惨酷无比的北国环境的生活的适应性和那种适应变化无常的环境的能力。没有这种能力，就意味着迅速、悲惨地死亡。同样，这也显示出他的德性的退化与崩溃，在残酷无情的生存斗争中，这种德性只会带来危害。南方的规律是爱与友谊，尊重个人的情感与财产，然而，支配着北国的生活的规律是棍子与牙齿，只有靠武力解决问题；谁恪守不渝，谁就注定失败。

鲍克不甚了解这个道理，他只是在适应环境而已，在不知不觉中，适应着新的生活方式。纵观他的一生，无论出现什么紧急情况，他从未临阵脱逃过。然而，那个身穿红色卫生衫的人用棍子将一条更基本更首要的法则深深铭刻到他心灵的深处。因文明而开化了的他，可以舍身取义，比如说为了保卫米勒大法官的马鞭；但是现在，经过野蛮化的他，有能力避义保身。偷窃不是为了寻求刺激，而是因为肚子需要。出于对棍子与牙齿的规律的尊敬，他并不公开抢掠，而是小心谨慎地去偷，总而言之，因为干这些事要比不干容易些，他才去干。

他发展（更严格地讲，应该说是“退化”）很快，肌肉变得钢铁般坚硬，对于平平常常的疼痛与苦难，逐渐地习以为常了。在这过程中，他完成了内部与外部的“经济学”。任何东西，不管多么难吃难以消化，他都可以吃下去；只要吞进肚里，他的胃就可以全力运转以吸收至最后的一滴养料为止，然后，他全身的血液载着这种营养，送到全身最远的每个角落，造出最坚韧最结实的细胞组织。他的视觉与嗅觉变得非常灵敏，听觉的敏锐达到即使在睡觉时也能听得见最轻微的声响，还可以迅速地分辨出吉凶。

他学会了如何去掉冻在脚趾缝中的冰；口渴但泉眼上结了一层厚冰的时候，他知道怎样用僵硬的前腿把冰敲破。他最为出色的本领是嗅风，甚至隔夜就能预测出来。无论他挨近树木或堤岸掘洞时如何也没有一丝风，并且在风起时，他总是处于下风的位置，掩蔽得无法察觉。

他不仅仅在凭借着经验学习，那种死亡已久的本能重新复活了。他身上经由许多年代驯养形成的特性，已经不复存在。他非常渺茫地想起了自己种族的少年时代，回想起成群的野狗徘徊在原始森林里追赶捕杀猎物的时代，他很轻松地就学会了用牙齿猛咬以及切割狼的方式战斗，已被忘却的祖先就是如此作战的。他们唤起了他体内的古老的生命，他们铭刻在种族遗传上的古老伎俩也正是他的伎俩，可以说这种种伎俩本来就属于他，很容易地归他所有。寂静的寒夜里，当他面向群星，仰起鼻子像狼似的长嗥的时候，那也正是他的已经作古多年的祖先越过许多世纪，通过他仰起鼻子向着星辰长嗥，因此来表达他们的悲哀，以及他们对于寂静、寒冷和黑夜的体验。

作为对生命是如何一出傀儡戏的解释，那首古老的歌，就这样从他的内心流溢出来。他又回到本原了。他之所以返朴归真，是因为人们在北国找到了一种黄色的金属，因为曼纽尔是园丁的助手，而他的工钱很难养活妻子儿女。

三　为权力而战

鲍克争夺支配权的愿望非常强大，并且不断地在苛刻残酷的拉雪橇的生活中滋长。新生的狡猾使他懂得平衡与节制。他忙于适应新的生活，因而也不像以往那样闲适。他不但不去挑战，而且尽最大的可能避免战斗。

他相当地沉稳慎重，决不操之过急，更不轻举妄动。虽然他与斯帕斯之间矛盾重重，但并不流露出急躁的情绪，尽量克制自己冲动的行为。

另一方面，斯帕斯可能认识到鲍克是一个危险的敌人，决不放弃任何龇牙咧嘴的机会，甚至无缘无故地欺负鲍克，经常性地挑衅，拼个你死我活。

要不是一件非同寻常的事故，这场战争早在旅行之初就爆发了。这天太阳已落山了，他们寂寞凄凉地在帕耳杰湖畔宿营。大雪纷飞，寒风刺骨，天色又黑，背后一座陡峭的悬崖高高耸立，没有比这更糟的情况。为了轻装前进，帐篷早在代牙就已经抛弃，波立特和福楼沙只好用几根漂来的树枝，在湖面的冰上生着火，打起地铺。然而，融化了的冰雪浸灭了火堆。他们在黑暗中吃了饭。

狗们也摸索着找地方。鲍克紧挨着一块巨大的岩石做了一个窝，既安逸又温暖，福楼沙分发用火烘过的鱼的时候，他都不愿意离开这里，等他吃完食物，发现自己的窝被人占了。他听见一声警告性的咆哮，原来入侵者是斯帕斯。

直到现在，鲍克总是避免跟自己的敌人发生摩擦。但是，这件事使他无法克制，他内心深处的兽性大发，狂怒地吼叫着，扑向斯帕斯。他们双方对这种狂怒都有些意外，斯帕斯更是意外，因为根据与鲍克交往的全部经验，他总是觉得对方非常胆小，只是因为身高体重不得不保全体面而已。

福楼沙看见他们从毁坏了的窝里一起扭打着跳了出来，非常惊讶，冲着鲍克喊道："鲍克！妈的！让给他吧！让给这个卑鄙的小偷！"

斯帕斯心甘情愿，他发疯似的，大吵大叫，并且还不断地绕着圈子，寻找扑上去的时机。鲍克也同样既认真又谨慎，转来转去，捕捉有利自己的战机。

然而，意想不到的事情就在这时发生了。这件事将他们之间的斗争推到了好几英里的旅程和苦役以后的那个遥远的将来。

随着波立特一声咒骂，棍子与精瘦的骨骼撞击的声音，伴随着刺耳的哀号，一场大的骚乱发生了。营地里，突然有许多毛茸茸的东西在活动。

原来，八九十条饥饿的赫斯基狗嗅到了营地的气味，在鲍克与斯帕斯打架时，他们悄悄地从印第安人的村子里爬了过来。当两个人手持棍子跳到他们中间的时候，他们就用牙齿进行反抗。食物味道的诱惑，使他们无法克制。波立特发现一只狗埋头扎进食物箱里，舞起棍子打击一根根精瘦的肋骨，食物箱跟着翻倒在地，刹那之间，一二十只饿得要死的狗疯狂争抢着吃面包和咸肉，丝毫不管打在身上的棍子。他们在雨点般的打击下号叫，然而，他们并没有停止疯抢，直到吞掉最后一片。

与此同时，一只只受惊的雪橇狗从窝里跳了出来，但只有遭到这群凶恶的入侵者袭击的份。鲍克从来没见过这样的狗，简直是宽松不洁的皮肤包着骨头架子，除了皮和骨头一点肉都没有，眼睛闪闪发光，牙齿沾着唾沫。然而，饥饿使他们疯狂得使人都不敢靠近，他们毫无反抗的余地。

雪橇狗们刚刚进攻，就被赶到了岩壁下面。三只赫斯基狗包围了鲍克，一下子就咬破了他的头部和肩膀。喧嚣声可怕极了，此时，比利吓得哭泣。达弗与索勒克斯十分勇敢，并肩作战，身上几十处伤口流着血。乔治发了疯似的乱咬，一次咬住了一只赫斯基狗的前腿，几乎咬碎了他的骨头。装病鬼派克就跳到这只拐了腿的家伙身上，迅速一亮牙齿，一扭，咬断了他的脖子。

鲍克咬住了一个口吐白沫的狗的喉咙，当他咬断喉咙的静脉的时候，血猛地喷了出来，血在口中温暖的味道更加激发了他的凶猛。他向另一个扑过去，却感觉有谁一下咬住了他，原来，斯帕斯趁火打劫，从侧面向他进攻。

波立特和福楼沙肃清了自己的营地以后，赶快转过来救他们的雪橇狗，饿得像狂涛骇浪一样的赫斯基狗群有些胆怯不敢靠近。鲍克趁机挣脱了身。

然而，两个人不得不再次跑回去抢救食物，因此，很快的，赫斯基狗又卷土重来攻击雪橇狗。比利吓得冲出野蛮的包围，从冰上落荒而逃。杜博与派克紧跟其后，再后是队里其他的狗。鲍克正要纵身跳上去跟他们走，这时他突然发现斯帕斯正向他冲来，显然，斯帕斯想将他撞倒。如果他要栽倒在赫斯基狗群的践踏之下，这样的话就死路一条了。他站稳脚跟，顶住斯帕斯的卑鄙的冲撞，追上大家，向湖上逃去。

以后，九只雪橇狗聚集在一起，在森林里找了个地方安身。虽然后面没有了追击，但是，悲惨的态势依然存在。任何一只狗都至少受了四五处伤，其中几只伤势很重，杜博的一条后腿重伤；在代牙最后加入到狗队列中的赫斯基狗多丽，喉头被撕破一大块，乔治瞎了一只眼睛；好脾气的比利，一只耳朵被撕成了碎片，他几乎哭了一夜。

天亮时分，他们很小心地回到营地，那些打劫的家伙早已走了。两个人大不高兴，那群赫斯基狗吃掉了很多食物，连雪橇上面的皮带、帆布、苫布也给嚼烂了。无论多么难吃，所有的东西，都无一幸免。波立特的一双麋鹿皮靴，一段皮缰绳，甚至福楼沙的鞭梢，被他们吃掉了两尺。

他不再为鞭子伤心，过来察看受伤的狗们，和气地说：“啊！朋友们，真不敢想象，也许把你们都变成疯狗了。波立特，是不是?”

波立特摇摇头，没有把握。距离多盛还有四百里的路，狗群千万不能发生狂犬病。他们咒骂着，努力了两个多小时，将装具修整了一番，因受伤而不便走路的狗队开始赶路了。

这段路最为难走，他们出发以来从未遇见过。这是他们与多盛之间最为艰难的路程。三十里河，没有一点冰冻，只有水涡与风平浪静的地方才结了冰。所以，这三十里路极其危险，可以说每走一步，都冒着生命危险。他们这样走了六天，精疲力尽，终于走完了这可怕的三十里路。

波立特横抱长竿，在前面带头探路，有数十次都踩碎了冰层落入水中，每一次都凭借竿子架在身体下陷而成的洞口上才救了命。并且此时正是寒流肆虐之际，气温已经低到了零下五十度，为了救命，每次掉下水后，他都必须生着火，烤干衣服。

不管怎样，都不能使他沮丧泄气；正因为他的乐观向上、不畏困难，政府才选择了他作信差。从昏暗的黎明到漆黑的夜里，他冒着各种危险，枯干瘦小的面孔勇敢无畏地正视残酷的严寒，沿着阴森森的河岸，在河边上前行。冰在脚下不断地坍塌、爆裂，他们不敢在上面多加逗留。一次，雪橇带着达弗与鲍克掉了进去，等他们被拉上来时，已冻得半僵，身上结了一层厚厚的冰，差点都没命了。于是，为了救命，两个人照例生起一堆火，让他们靠近火堆，以便使身体暖和起来，不过因为离火太近，身上的毛也被火焰烧焦了。

还有一次，斯帕斯掉到了水中，将后面一直到鲍克的全队的狗都带了进去，鲍克的前爪踏在光滑的冰的边缘上，用尽全力向后拖，他后面的达弗，也拼命地往后撑。四面的冰颤动着，在破裂。雪橇后面的福楼沙用劲拉，腱子肉直响。

河面上四周的冰又碎了，除了爬上悬崖，已经无路可走。而波立特竟然奇迹般地爬了上去，福楼沙盼望的正是如此。他用所有的皮带、绳索、挽具搓成一条长绳，用绳拉他们，然后是雪橇以及上面装的货物吊上去，福楼沙最后上来。然后，需要寻找下去的地方，又是凭着绳子，终于下到了河面上，此时，天已经黑了下来。

这一天，他们只走了一里的四分之一。

当到达古塔林卡，路变得好走起来，鲍克早已疲惫不堪，其余的狗也是如此。然而，为了弥补耽延的时间，波立特仍然驱赶着他们不停地劳作。他们第一天赶到大鲑鱼河，走了三十五里；第二天到小鲑鱼河，又是三十五里；第三天走了四十里，接近了五指山。

从鲍克的最后一代野狗祖先为一个穴居或河居的人驯养时起，直到他这一代，他的脚已经软化了，不如赫斯基狗的脚那样结实坚硬。他整日一瘸一拐地走路，营一扎好，就如同昏死一般躺下休息。虽然非常饿，他却懒得起来领自己那份鱼，福楼沙于是给他送到跟前，而且，每天晚饭后，他都为鲍克搓半小时脚，还用自己穿的鹿皮靴的靴统为鲍克做了四只鞋，这样鲍克会感到舒服些。

一天，福楼沙没想起给他穿鞋，鲍克就在那里仰面躺着不动，四只脚在空中舞着表示恳求。甚至波立特枯干瘦小的脸都为之露齿一笑。后来，他的脚硬得不再畏惧长途跋涉劳苦了，破碎的鞋套也就弃之无用了。

在贝利河口的一天清晨，他们正套挽具的时候，一向听话可爱的多丽令人心碎地长嗥一声，吓得每一条狗都毛发耸然。她疯了。然后，她便扑向鲍克。

鲍克没见过疯狗，对于疯狂的可怕也不知情。然而，他知道这很害怕，就惊慌逃开，一直往前跑。多丽口吐白沫，紧紧地跟在其后，相隔一步之遥。鲍克非常害怕，多丽难以追上；然而，多丽变得很疯狂，鲍克也难以甩开。

鲍克逃进岛上隆起的草木茂盛的地方，又跑到低洼的岛边，穿过一条坑坑洼洼的小河道，上了第二座岛，第三座岛，绕路折回到大河之上，他很无奈，不顾一切地飞奔而去。虽然自始至终，他一直都不敢回头张望，但是，他可以清楚地判断出，多丽在背后的吼叫与他相隔的距离一跃可及。

四里外的福楼沙在叫他，他依然保持着一跃的距离，在前面折回原路，跑得上气不接下气，痛苦极了。他对福楼沙的信任真是坚定不移，坚信福楼沙一定可以帮助他。福楼沙高高举起斧头，让鲍克从他身边逃了过去，然后用力一劈，砍碎了已经发疯的多丽的脑袋。

鲍克精疲力竭，浑身无力，步子蹒跚地走过去，靠着雪橇大口喘气。这时，斯帕斯的机会到了。他扑到鲍克的身上，两次咬进已经无力抵抗的敌人的肉中，一直撕裂到骨头。

于是，福楼沙的鞭子落了下来，对斯帕斯实施了一顿队里其他任何一只狗都未曾挨过的毒打。鲍克满意地在一旁看着。

波立特说："这个斯帕斯是个恶鬼。这样下去，他会咬死鲍克的。"

福楼沙答道："那个鲍克，相当于两个恶鬼。我一直在注意他，我很清楚他。你瞧着吧。我相信，他有朝一日，一定会将斯帕斯彻底地嚼烂，然后再吐在雪上的。"

从此以后，斯帕斯与鲍克之间俨如敌国，进入了交战的势态，无论作为领导狗，还是作为狗队所有成员公认的统治者，斯帕斯认识到自己的霸权受到这只陌生的南方佬的威胁。他之所以觉得鲍克陌生，是因为他看见的许多南方狗，都十分软弱，死在了无法忍受的恶劣条件之下，从来不曾有过一只南方狗在营地里，雪路上出过风头；不过，鲍克却不是这样，单独忍受住了这一切，而且学会了很多东西，在力量、凶狠与狡猾任何一方面，都可以与赫斯基狗相匹敌。他具有统治的力量。他之所以危险，因为那个身穿红卫生衫的人用棍子打掉了他的支配欲中那种无知愚蠢、草率盲目的作风，一变而成一流的狡猾，运用自己坚强的忍耐性，等待时机的到来。

无论早晚，争夺领导权的斗争不可避免要爆发，因为，这不仅是鲍克的需要，而且是他的天性。那种无以言之、无法理解、为了雪道和缰绳而自豪地紧紧抓住了狗，使他们不断忍受着痛苦的折磨，诱使他们虽死于轭下而依旧快乐，倘若有谁被排除到了羁绊之外，他们将会难以承受。

这种自豪，就是达弗作为压队狗的那种自豪，索勒克斯勤劳卖力地拉雪橇时的那种自豪。这种自豪，在拔营上路时充实着他们，他们因此由乖戾的畜生转变成忠实可靠的动物，鼓舞着他们整天前进，直到黑夜来临，安营扎寨时才抛弃他们，将他们再次掷入不安不满中。这种自豪，支持着斯帕斯惩罚那些在缰绳下捣乱、偷懒、或在早晨套挽具时逃跑的狗，使他对鲍克作为一个潜在的领袖的狗而感到担心。而这，也同样是鲍克的自豪。

他公然威胁敌手的领袖地位，并且还在斯帕斯与作为惩罚对象的那些胆小的狗之间作梗。

一天夜里，下了一场大雪。早晨，那个装病的派克躲在一尺深的积雪下面的窝里没有出现，福楼沙喊他，找他，都没有发现他。斯帕斯气得发疯，在营地里到处乱跑，嗅着、挖着每一个可疑的藏身之地。他的咆哮声使派克躲在下面吓得浑身发抖。

斯帕斯终于将派克找了出来，他正要扑上去惩罚他的时候，鲍克却满怀同样的愤怒出人意料地冲到他们中间，将斯帕斯向后撞了个仰面朝天。派克本来被吓得浑身发抖，一看见这种公开的反叛，胆子立刻大了起来，扑向被打倒在地的领袖。鲍克早就将以前所坚守的游戏法则忘得无影无踪了，也向斯帕斯扑了过去。

目睹这种情形，福楼沙笑个不停，但是，他依然十分果断，铁面无私地执行公正的裁决，挥起鞭子，全力打在鲍克身上，不过没有能够将鲍克从跌倒在地的斯帕斯的身边赶走，于是，他用上了鞭子的柄。

鞭子不停地抽在鲍克身上，打得他无可奈何，退了下来。与此同时，斯帕斯也实打实地教训了屡教屡犯的派克一顿。

随着多盛越来越近，鲍克依然置身于斯帕斯与他的惩罚对象之间，不过，他非常灵巧，只是趁福楼沙没有在附近时才干。与鲍克的秘密叛乱相应，狗队中出现了一种不服从领袖斯帕斯的现象，而且，越来越严重。达弗与索勒克斯没什么改变，可是其他的狗变得越来越坏。

由于鲍克暗地里捣乱，狗队中不停地发生吵闹争执，搞得福楼沙无可奈何。他知道，无论早晚，必定会闹出一场生死搏斗。他经常为此担忧，许多次夜里，他听到别的狗的喧闹声，担心鲍克与斯帕斯在决斗，不只一次地过去察看。

一个冷冷清清的下午，他们到达了多盛。机会并未出现，那场决战只好待以他日。在这里，鲍克看到无数条狗，他们仿佛是命中注定，狗就应该工作。他们排成一条条长队，没日没夜拉着缰绳在街上奔走，叮当的铃声作响一直到深夜，他们将木料木柴运到矿上，并且还担负着在圣科拉拉谷本是马应该做的所有的工作。

鲍克经常遇见一些南方狗，不过，大多数是长得像野狼一样的赫斯基狗，每天夜里九点、十二点和三点时，他们会唱起一种神秘的，不可思议的颂歌。鲍克也兴奋地与他们一起唱。

头顶上，北极之光绚丽多彩，繁星时而随着严寒的舞蹈而跳跃。在冰雪的覆盖下，结了冰的大地麻木了。赫斯基狗的歌唱可能是一种向生命的挑战，只不过声音低沉，发出长长的哭泣与叹息，更像是生命的讲述，分明的音节在倾诉着生存的艰难与痛苦。这支古老的歌曲，与这个种族同样的古老，是年轻世界所吟唱的最早的歌曲中的一首，歌声中饱含了无尽的悲哀。

鲍克为这首歌曲暗然伤神。在他悲伤地哭泣与感叹的时候，他所感受到的歌中所倾诉的生活的痛苦，正是远古时期他的充满野性、未被驯服的先祖的痛苦；他对于严寒、黑暗的恐惧与神秘之情，也正是他的祖先们所感受过的恐惧与神秘之情。这歌声引起了他的共鸣，他虽然曾经受到温暖的火和房屋世世代代的庇护，不过如今，他正向本原回归，退回到他的祖先在野蛮时代原创生活之始。

到达多盛的七天之后，他们沿着巴勒柯斯旁边峻峭的河岸，上了育空雪路，向代牙、盐湖进发，波立特往回带的公文好像比来时所带的公文还要紧急，这也使他决心创造本年度的新纪录。对于这件事，他们有了充分的准备，一个星期的休息，狗们早已康复如初，情况良好；后来的旅客将他们所要路径的雪路踩得更实在了；而且，在两三个地方，警察局专门设立了储存人畜食物的仓库，他们能够轻装踏上征途了。

他们第一天就跑了五十里，到达了六十里河；第二天奔驰在育空河上，踏上了往贝利的大路。然而，可以这样快地赶路，全靠福楼沙煞费苦心。鲍克领导下的狡诈的反叛，使狗队不再团结，狗们不再团结得像一只狗似的，在缰绳里奔驰向前。

斯帕斯作为领袖，不像以往令狗们敬畏了，取而代之的是狗们对于他的权威的挑衅。在鲍克的保护下，一天夜里，杜博抢吃了他半条鱼；另一天夜里，杜博与乔治共同来攻击他，逼迫他放弃本应加在他们身上的惩罚。甚至好脾气的比利，也像变了一种脾气，呜呜的叫声中的奉承味儿连从前的一半也没了。实际上，鲍克对斯帕斯，已可以说是欺凌霸道了，他经常在斯帕斯面前故作目中无人般大模大样地晃悠，而每一次接近斯帕斯，都无不咆哮以示威胁。

纪律败坏，也影响到了狗们之间的相互关系，他们的吵闹较常发生，越来越凶，有时搅得营地里鬼哭狼嚎，达弗与索勒克斯虽然为这无穷无尽的争吵心烦意乱，却还能忍受下去。

福楼沙古怪粗野的大骂，在雪地上跳来跳去，揪自己的头发，胡乱地生气。鞭子甩个不停，一点也不起作用。他刚转过身去，狗们就又闹了起来。他用鞭子为斯帕斯撑腰打气，然而，与此同时，鲍克却暗地里给其他的狗作主，福楼沙知道鲍克在暗中制造麻烦，鲍克也知道福楼沙明白这些事情。但是，鲍克非常机灵，他很会见机行事。在挽具下面，他忠实勤恳地做工，这早已成为他的乐趣之一；不过，偷偷摸摸地让伙伴们争吵打闹，搅乱缰绳，其中的乐趣好像更大。

到达塔基纳河口。一天夜里，吃过晚饭后，杜博发现了一只雪兔，莽撞一扑，但是没能捉到。全队的狗立刻追了起来。一百码外，西北警察局一所营地里的五十条赫斯基狗，他们也一起追了过去。

兔子沿着小河逃了下去，然后在冰冻的河面上直向前奔窜，迅速地在雪地的表面上奔跑。鲍克率领着一支由六十条狗组成的追踪队伍，使出浑身懈数，破雪向前，转了一圈又一圈，却追不上。在苍白的月光下，他呜呜直叫，健美的身躯贴近地面，跳跃着向前飞掠而去；那只兔子仿佛是白雪的精灵，跳来跳去。

在一定的时代，人类受到那种古老的本能的驱使，从喧嚣的都市来到森林或原野，用依靠化学推进的铅弹残杀生命。这种古老的本能所唤起的激动之情，嗜杀之欲、杀戮之趣——鲍克全都具备。他领导着狗群，疯狂地追逐这只野味。他要用自己的利齿去屠杀，要将嘴巴浸入到温暖的血中，大吃一口。

生命所难以超越的兴奋若狂的状态，标志着已抵达顶峰。生活中，奇怪的矛盾逻辑正在于此。那种疯狂之态，只是在最为活跃的时候才会到来；然而，也正是完全将生命置之度外的时候。这种迷狂忘我的状态，是一位艺术家着了迷，希望化为一团火焰的时候，是一名士兵在决战的战场上奋勇冲锋、拒绝宽容的时候。具体到鲍克身上，就在他领着群狗，嗥叫着追逐那只在月光下迅速逃窜的垂诞欲滴的野味的时候。鲍克正从本性的深处发出叫声，那本性中的呼唤比自己更深、更久，一直追溯到了“时间”发轫之始。自在的奔驰，对浑身强健有力的肌肉关节筋腱的充分的享受，支配着他的这种乐趣，产生于一种无法用言语形容的东西，它既狂热又暴烈，体现为在繁星之下的追逐狂奔，又表现为死物表面的静止不动。

然而，即使心情最为兴奋的时候，斯帕斯依然非常沉着稳重，他离开队伍，从小河大转弯的地方抄近路到了前面。鲍克并不知道，他绕过河湾看到，那只幽灵似的兔子正在他面前飞驰的时候，突出来的河岸上跳下来又一只大一些的幽灵，挡在了兔子面前，这幽灵正是斯帕斯。

兔子已没时间逃避。雪白的牙齿立刻咬碎了他的脊背，他像一个突然遭到袭击的人一样响亮地哀号了一声，宣告“死亡”。将“生命”从“生命”的顶峰拉跌了下来。群狗听到这叫声，发出阵阵愉快的合唱。

鲍克没有叫，也没停下步子。他直接向斯帕斯冲去，由于跑得太快，没能咬到喉咙，在粉末状的雪地上，他们滚了几滚。斯帕斯立刻爬了起来，速度之快难以置信。他咬破了鲍克肩膀下面一块，每咬一次，他的牙齿就发出捕兽机的钢齿似的咯嗒一响，然后迅速跳开，又摆好姿势，准备更好地进攻，两片翻起的嘴唇扭动着、叫着。

刹那间，鲍克明白了，决死一战的时机到了。他们耳朵倒伏，咆哮着对视着，紧张地窥伺有利的战机。这场景，使鲍克突然有一种似曾相识的熟悉的感觉。那片白雪皑皑的森林，大地，月光，战斗的兴奋，一种阴森可怕的静穆袭上心头。他仿佛全部回忆起来了。

此刻静得出奇。所有的东西一动也不动，树叶连抖也不抖动，狗们的眼睛看着自己的气息袅袅上升，在冰冷的空中萦绕不散，这群狼似的，极不驯顺的狗早已结果了那只雪兔。现在，他们围成一个圆圈，默默地期待着，期待着事情的发生，对于鲍克来讲，这副自古以来，历来如此的景象，是事物的常理，并没有新奇之处。

作为一个战士，斯帕斯可以说经验丰富。他从斯匹茨卑尔根群岛通过北冰洋，穿越加拿大和荒野，面对各种各样的狗，他都可以毫不示弱地统领他们。他气愤满腔，但决不盲目；他渴望撕裂、毁灭什么，但决不会忘记自己的敌人有着相同的渴望与毁灭。除非有备迎接冲击，他决不主动攻击；除非已有防御进攻的准备，他决不进攻。

鲍克拼命用牙咬这只大白狗的脖子，不过毫无用处。无论他的牙齿在哪里寻找比较柔软的肉，都总是受到斯帕斯牙齿的阻挡。双方牙齿碰击牙齿，嘴唇割破了，然而，鲍克依然无法攻入敌人的防线。他火冒三丈，围着斯帕斯，频繁地发起进攻，一次又一次地想咬生命在表面涌流的那个雪白的喉咙。但是，每一次都是斯帕斯咬他一口，然后跳开。

接着，鲍克假扮冲向喉咙，突然间却缩回头去，从一旁绕了过去，用肩猛撞斯帕斯的肩，想像撞锤一样将对方撞倒，但是，情形正好相反，每一次都是斯帕斯咬破鲍克的肩膀，然后迅速地跳开了。

斯帕斯让鲍克接近不了，鲍克却鲜血直流，粗粗地喘气。慢慢地，战斗到了性命攸关的程度。像狼似的沉默的圆圈，一直在等待着最后的机会。鲍克喘息起来时，斯帕斯不断地进行冲击，使他手足无措。一次，鲍克翻了一个跟斗，组成圈子的这些狗全都站了起来；不过，他几乎就在半空之中又挣扎了过来。那圈狗重又伏下去，再继续等待。

然而，鲍克具备一种为了伟大而生的资质——想象。他没有忘记动用他的脑子。他冲了上去，仿佛在重演撞肩的故技，但在最后的一刹那，他却贴着雪地冲了过去，狠狠地咬住了斯帕斯的左前腿，咯嘣一声，骨头碎了。那只白狗现在只好站在三条腿上，来对付他了。

鲍克尝试了三次，想撞倒他，然后，又故技重演，咬断了敌人的右前腿。斯帕斯无计可施，处境绝望，但依然挣扎着，坚持斗争。如同他过去所看到的相同的圈子向被打败的对手收拢的情形一样，所不同的，这一次，圈子却是向他围过来，那个眼睛发光，舌头耷拉，白色的气息袅袅上升的圈子，向他收拢过来。他彻底失败了。

怜悯是在为温和的地带作准备，鲍克坚持不懈，筹谋最后的冲击。他的腰部已经感觉到收拢过来的赫斯基狗群的呼吸，他看到他们围得越来越近，半蹲半卧地在斯帕斯身边准备跳跃。似乎一阵停顿。每只狗如同变成了石头，一动也不动，只有斯帕斯浑身颤抖，站在那里，耸立着毛发咆哮着，可怕的威胁好像想要吓退即将面临的死亡。

这时候，鲍克跳了上去，肩与肩正撞一起。随着斯帕斯从视野中的消失，银白色的雪地上的圈子变成了一个黑点。鲍克——最终的胜利者——一个因完成了屠杀很得意的——获得了支配地位的原始野兽，在一旁袖手观看。

四 胜者为王

第二天一大早，福楼沙便发现斯帕斯不见踪影，同时也发现鲍克变得伤痕累累，他将他拉到火边，借着火光一边指点着他的伤口，一边说：

“怎么样，快看啊，这个鲍克就像两个恶鬼。”

波立特一同察验着道道张嘴的伤口：“斯帕斯打得真凶。”

“这个鲍克打得更凶。没有斯帕斯，我们可以省心了。现在，我们可以夺回损失掉的时间了。”福楼沙回答说。

波立特将营帐用具装上雪橇，福楼沙给狗们套挽具，鲍克小步跑到斯帕斯原来的领袖的位置上。然而，福楼沙认为，索勒克斯是现存的最好的领导狗，因此，他无视鲍克的存在将索勒克斯拉到了鲍克垂涎三尺的位置上。

鲍克暴怒地扑向索勒克斯，赶走他，然后站在他的位置上。

福楼沙快意地拍拍腿，大声喊道：“啊！瞧，他杀了斯帕斯，就认为应该由他来取而代之。”

他命令道：“滚到一边去！”

不过，鲍克拒绝挪开。

福楼沙不顾鲍克威胁的咆哮，一把抓住他，再一次换上索勒克斯，那只老狗并不喜欢这个位置，也表示他害怕鲍克。

福楼沙非常固执。他一转过身去，鲍克就又赶走了索勒克斯，而后者，似乎也很高兴走开。

福楼沙此时怒气冲冲，手抄起一根棍子，走了过来：“妈的！不想活了！”

鲍克想起了那个身穿红卫生衫的人，慢慢地后退了去。索勒克斯再次被带到前面的时候，他没有企图闯上去，然而，他逗留在棍子打不到的地方，既不远走，也不接近，痛苦而愤怒地围着福楼沙打转、咆哮，他一面绕圈子，一面紧紧盯着那根棍子。他作好充足的准备，棍子万一向他掷来，他随时准备躲开。

福楼沙叫鲍克，准备将他安排到原来的达弗前面的位置上。鲍克向后退了两三步，福楼沙追了上去，鲍克又向后退，福楼沙认为鲍克害怕挨打，就放下手中的棍子。然而，鲍克可不希望逃避挨打，而是获得领导权，那是他挣来的，理所应当地属于他。于是，他公然起来反抗。

波立特也过来帮忙，他们一起，追了他半个多小时，用棍子打他，他却迅速躲开。他们从他的八代祖先开始骂起，直到他的子子孙孙和更加遥远的后裔，诅咒他身上的每一根毛发、血管中的每一滴血，他则回之以咆哮。他只是绕着营地转圈退避，十分清楚地表示，只要满足他的欲望，他就会顺从地走过来。

福楼沙坐下来直抓头皮。波立特看一看表，大骂起来，他们本该上路一个小时了。福楼沙又搔一搔头皮，摇摇头，冲波立特羞涩一笑。波立特也耸耸肩，无可奈何。

于是，福楼沙走到索勒克斯站的地方，呼喊鲍克，鲍克此刻，却依然保持着一定的距离，福楼沙解掉索勒克斯的缰绳。现在，狗们排成了完整的队伍，套上挽具，开始出发，队伍中除了最前面的位置，没有鲍克的地方。

福楼沙又在叫他。他却不过来。

波立特命令道："扔掉棍子。"

福楼沙扔了棍子。这回，鲍克胜利似地笑着，碎步跑了过来，占据了狗队中最前面的位置，拴好缰绳。

终于出发了，他们奔上了河床的雪道。

以前，福楼沙曾经用两个恶鬼的比喻估价鲍克，然而现在，他发现，他对鲍克的估计还是太低了。福楼沙从来没见过有条狗比得上斯帕斯，但是，鲍克此刻作为领头狗，在何处需要作出判断，思考的敏捷和行动之迅速等方面的表现，他远远超过了斯帕斯。

鲍克尤其在立法、保证同伴们守法方面出色。达弗与索勒克斯对谁做领导毫不在意，那与他们无关。他们只是在轭下辛勤劳作，除非工作受到了干扰，否则他们不管发生了什么，只要能够维持秩序，即使好脾气的比利作领袖，他们也无所谓。但是，在斯帕斯最后执政的日子里，其他的狗变得不再服从领导了。现在，鲍克开始整顿他们，令他们大吃一惊。

派克紧跟在鲍克之后，他很懒惰，除非被迫不得已，从来不肯多用一点气力，因此屡受惩罚。第一天还没结束，他就已经空前卖力了。

第一天黑夜，在营地里，乖戾的乔治被重重地狠揍了一顿。鲍克利用体重的优势，扼住他的呼吸，揍得他一直哭泣告饶方才罢休。而这种事，斯帕斯可做不到。

狗队恢复了以前的秩序，在缰绳里的大家重又像一条狗似的步调一致了。到溜冰急湍，狄克和古纳两条本地的赫斯基狗也加入了进来，鲍克很快便收服了他们，令福楼沙惊讶得透不过气来。

“他妈的！像鲍克这样的狗真是太难找了！没了，绝对没了！值一千块呢！波立特，是不是？”

波立特点点头。这时，他已经刷新了记录，而且，速度逐渐加快。雪道的情况很好，坚硬结实，最近天气晴朗。又不太冷，直到全程结束，气温保持在零下五十度。两个人交替着坐雪橇，走路。狗们不停地工作着，偶尔稍作休息。

三十里河结冰的情况相当好。来时，他们用了十天的时间；回去时，只用了一天时间。从芭尔杰湖的下端到白马湍，他们一共跑了六十里路。他们穿越麻什、塔杰什和笨乃（一串绵延达七十里长的湖泊）时，速度之快，使得走路的人只好拉住雪橇后面的一根绳子。第二周的最后一个夜晚，他们翻过白岭，沿海滩的斜坡而下，看到了位于脚下的施盖逵镇和泊在海边的船只的灯光。

十四天以来，平均每天四十里，这速度令人难以置信。在施盖逵镇的街上，波立特和福楼沙昂首挺胸，夸耀了三天，邀请赴宴的请帖雪片般纷飞而至。拉雪橇的狗队也经常成为一群驯狗，赶狗的人受到人们的敬佩。后来，三四个西部的坏蛋企图洗劫城镇，结果却满身被枪弹打得像是胡椒瓶似的窟窿眼，大家的兴趣才转移到了新偶像的身上。

后来，官方命令来了。福楼沙将鲍克叫到身边，搂着他痛哭一场。像许多别的人一样，这是他们的最后一面，从此以后，福楼沙与波立特从鲍克的生活中永远地消失了。

一个苏格兰裔的混血儿管理着他与他的伙伴们。与其他的狗队一同出发，他们重新又踏上了那条去往多盛的艰险难走的道路。因为这是一辆邮车，载着来自世界各地的信件，送给那些在北极寻找金子的人们，所以，现在，既非轻装前进，又非刷新纪录，拖着沉重的负担，每天都是艰难的旅行。

鲍克很讨厌这种工作。但是，他效仿达弗与索勒克斯以不辞劳苦为荣的精神，而且监督同伴尽职尽责。

这是一种非常单调的生活，按照一成不变的规律，不停地来回运转。这一天与那一天，相似极了。每天早晨，厨师就起床生火。早饭后，人们便各自劳作。上路半个小时以后，黎明才渐渐驱散黑暗。夜里扎营，一些人搭起帐篷，另一些人就伐木砍柴，准备生火，铺床。其余的人也从事着各自的工作。对狗来说，这是一天之中的大事。吃完鱼以后，与其他队列中的狗散上一个小时的步本来很好，不过，这些狗一共有一百多条，其中有许多凶猛之士，与其中最凶猛的三次战斗以后，鲍克就得到了主宰的地位，他一耸毛龇牙，别的狗就躲开他。

他有时将前腿伸向前面，收起后腿压在身体下面，以这种姿势靠近火堆卧着，抬头望着火，如入梦乡，若有所思地眨着眼睛。他会想到洒满阳光的圣科拉拉谷的米勒大法官那幢很大的宅院，水泥做成的游泳池，墨西哥种的秃子伊莎倍尔，日本种图茨。然而，他的脑海中最深刻的是，那个身穿红色卫生衫的人，克丽之死，与斯帕斯的生死搏斗，吃过的以及还没有吃到的好东西。

他并不沉迷于回忆之中，记忆之中的那片阳光普照的土地已变得模糊，永远只是梦幻。相比之下，那些可以追溯得起的遗传下来的记忆更为强而有力，它使得他熟悉了以前从没见过的东西。近来，那种自远古时起就已经丧失的本能（其实，所谓本能，只是因为思念祖先而养成的一种习性）在他的体内苏醒过来。

他有时缩成一团，望着火焰眨着眼睛，深深地陷入了沉思，而他伏在火旁时，看到的人不是面前的混血儿厨师而是另外一个人，短腿长臂，筋肉与其说又圆又粗，不如说青筋累累，疙疙瘩瘩，长长的头发纠缠在一起，他发出的声音很奇怪，手下垂到膝腿之间，拿着一根棍子，头部还绑着一块大石块。他几乎是赤裸着身体，脊背的腰里悬着一块被火烧焦了的破烂的兽皮，身体上汗毛很多，胸部与两肩满是，手臂与大腿外侧尤其厚，像是浓密的兽毛，他没有站着，而是抬起臀部，向前倾斜，屈膝蹲在两腿之上。他身上像猫一样显得灵巧，警觉非常敏锐，只有总是处于对四周情况满怀恐惧之中的人才有。

这个毛人将头埋进两腿之间，蹲在火边睡觉的时候，头深埋入双膝之中，两手抱住头部仿佛在用毛茸茸的胳膊挡住风雨。鲍克看到，在火堆的另一边，在周围环绕的黑暗中，总是两颗一道，两颗一道，有许多闪闪发光的炭火。他明白，这是那些巨兽的眼睛，他能听得见他们行走时撞断树枝的咔嚓声，以及他们在黑夜中的骚动。

在育空河岸，他眨着眼睛，面无表情地注视着火光的时候，梦乡中的另一个世界的声响，令他从背部到肩和脖子的毛发悚然，他低声叫唤或轻轻咆哮起来。混血儿厨师喊他："嗨，鲍克！醒醒！"另一个世界便一下子无影无踪，被现实的世界便取而代之。他爬起来，伸一伸懒腰，打一个哈欠，好像大梦初醒一般。

这是一次困难艰险的旅行。后面的沉重的邮件使他们精疲力尽。到达多盛时，他们的身体状况非常不好，早已疲惫不堪。起码需要一周到十天的休息时间。

但是，两天以后，从巴勒克斯出发，他们沿育空河岸顺流而下，拉着满载寄给外界的邮包雪橇。狗疲惫至极，赶狗的人气愤至极。更加倒霉的是，每天下雪，道路很软，阻力也更大，因此，狗们在拉雪橇时也就更吃力。

赶狗的人知道狗的难处，尽了最大的努力来照看狗，他们每夜都先让狗吃东西，每个人将自己看管的狗从头到脚认真地检查一遍以后，才去睡觉。不过他们的体力仍然在不断下降。

从初冬到现在，他们已经走了一千八百里，即使对于最强壮的生命来说，一千八百里也不同寻常，他们还一直拉着雪橇，精疲力尽。鲍克也疲惫至极，但他硬撑着维护纪律，让伙伴们坚持工作。

每天夜里，比利总是在睡梦中呜咽着叫；乔治比以往也更乖戾；而索勒克斯，无论瞎眼的一面或另一面，都难以靠近。

然而，最为痛苦的是达弗，他患了严重的病。他更加阴沉，也更易发怒，一扎营就立刻做窝，负责照看他的人得到那里喂他。只要一卸下挽具，他就卧下，一直到早晨套挽具时才起来。

当雪橇因突然停下受到制动用力猛地一冲的时候，达弗就在缰绳里痛苦地叫起来。赶狗的人检查他的身体，一无所获。所有赶狗的人，都对他的病十分好奇，在吃饭时，在上床睡觉前抽最后一袋烟时谈论他。一天晚上，他们将他从窝里弄到火边，挤压他，戳他，进行了一次会诊。他一直苦苦哀号，但他们检查不出来。毛病在身体的内部，可能哪里的骨头断了。

到达伽茜亚沙洲时，他衰弱得甚至都无法走路，苏格兰裔的混血儿命令大家停下来，解开他的缰绳，将他从狗队里卸了下来。他极为气愤地咆哮着，看到索勒克斯站在他坚持服务了如此之久的位置，他甚至伤心地哭泣着。他向来以缰绳和雪道而自豪，即使病死，他也不能允许别的狗干他的工作。

雪橇滑动以后，压平了的雪道一旁的软雪中的他辗转挣扎着，向索勒克斯进攻，想将他推到另一边松软的雪中，他试图跳到缰绳里，插到索勒克斯与雪橇中间。他自始至终呜咽着，嗥叫着，却无可奈何。

那个混血儿试图挥鞭赶走他，但他并不在意鞭子的痛打，而那个人又不忍心来加重打他。达弗不肯自由地在雪橇压出的雪道上奔跑，而继续在松软的雪里艰难前行，直到精疲力尽摔倒为止。他躺在跌倒的地方痛苦地长号，长长的雪橇一列列地从他身旁疾驰而过。

他鼓起残余的最后一点精力，在队伍的后面紧紧跟着。当雪橇队列又一次休息时，他挣扎着越过几辆雪橇，终于来到了自己所属的那一辆那里，走到索勒克斯旁边。驾驶的人由于向后面的人借火点烟，耽误了一会儿，他回来赶狗时，狗们在拔腿向前走时毫不费力，他们这个时候回头一看，惊讶地站住了。驾驶人也大吃一惊：很明显可以看出，雪橇没有移动。

达弗咬断了索勒克斯两边的缰绳，站在雪橇前面他原来的位置上，目光令人不忍注视，请求允许他回到自己的位置上。

赶狗的人不知所措，喊自己的同伴们来看。他的伙伴们谈起一条狗由于人家不让他干那种置他于死地的工作而心痛不已，他们还回想起自己知道的很多的一些例子，有些狗因为年迈或受伤不适于苦工而被人们抛弃，因此死去。他们说，既然达弗迟早要死，最好让他心满意足地死于轭下。

于是，达弗重新套上了挽具，虽然由于内在的伤痛，他痛苦地叫唤起来，但他还是拉得和以前一样得意。他不住地跌倒，在缰绳里被拖着向前走。一次，雪橇甚至压在了他身上，他瘸了一条腿。

坚持到达营地后，赶狗人为他在近火的地方做了一个窝，早晨，看到他衰弱得不能奔波了。套挽具时，他艰难地挣扎着站起身来，坚持着走了几步，又倒下了，他痛苦地向同伴们正套挽具的地方爬去，想爬到赶狗的人那里。每要向前挪动几寸，他只能伸出两只前腿将身体向前拖去。

但是，他已经毫无力气了，同伴们最后一眼看到他喘息着躺在雪地中，望着他们，难舍难分。然而，直到走出他的视野之外，他们可以听见他悲哀的长号。

雪橇队在河边一带树林的后边停下了。苏格兰裔的混血儿转过身去，沿原路慢慢返回营地。人们都不再讲话，听到“砰”的一声枪响。

那个人很快回来了。鞭子啪地响了起来，雪橇上的铃铛此刻叮当作响，雪橇又沿着雪道咯咯吱吱地开动了。然而，鲍克知道，其他的狗也都知道，河边的树林后面发生了什么事。

五　绝处逢生

离开多盛三十天后，鲍克与伙伴们所拉的盐湖邮橇，到达了斯盖逵镇。

他们的境遇惨烈到了极点。鲍克的体重从一百四十磅减轻到了一百一十五磅。其他的伙伴体重原来就轻，但是比较起来，失去的体重却比他还要多。那个装病的派克，经常在其欺骗别人的生涯中成功地假装一条腿受伤，可是如今却真地瘸了。索勒克斯也是一瘸一拐；杜博则扭伤了一个肩胛。

他们的脚变得沉重异常，走得疼痛至极，步子沉重地落在雪道上，全身有气无力，因此，一天的旅行以后，他们倍感疲劳。

别的没有什么，除了疲乏得要命。这种疲乏并非是因为短时间的过度劳累，休息几个小时即可恢复，而是产生于好几个月的艰难跋涉，慢慢地长久地耗精竭力，没有一点贮备、复原的力量，连最后的一点一滴也用掉了。每块肌肉，每根筋骨，乃至每个细胞，都已经疲乏得要死。

这很正常，他们在不到五个月的时间里，跑了二千五百里；在最后的一千八百里旅行期间，也只休息了五天。到达斯盖逵镇时，他们显然已经没有力气了，几乎拉不直缰绳，下坡时也只是勉强让雪橇压不到他们。

在斯盖逵镇的大街上缓慢前行的时候，赶狗的人鼓舞他们："走啊！可怜的痛脚鬼，这是最后一段路了。哦？我们很快就到了。到时会好好休息一阵。"

那些赶狗的人也是奔波了一千二百里路才得到两天的休息时间。因为无论根据情理还是公平，他们同样应该休息一段时期。他们满怀希望中途休息一段。然而，涌入克郎代科的人可以说人潮汹涌，以及没有随之蜂拥而至的情人、妻子、亲属则难以计数，因此，积压的邮件几乎可以与阿尔卑斯山一比高下了，当然还有政府的官方公文。

所以，一批朝气蓬勃的赫德森湾的狗要取代这群疲惫至极的狗。而且因为狗与金元相比，简直不算什么。既然这群不中用的狗要被淘汰，还不如将他们卖掉。三天过去了，鲍克及其伙伴们感到自己没有多大的用处。

第四天的早晨，两位来自美国的人十分便宜地买下了他们，包括挽具及其他一切。这两个人名字叫"赫尔"和"查利"。

查利是一位中年人，肤色苍白，两只水汪汪的眼睛却显得麻木不堪，一副胡子却凶猛有力地向上翘起，与他遮掩住了的干瘪松垂的嘴形成鲜明对比。赫尔小伙子年方十九或二十岁，一条皮带束在腰间，上挂一把科尔特式的手枪和一把猎刀，子弹带鼓鼓囊囊。这条皮带十分显眼，同时也表明极其幼稚，简直无法形容。像这样两个不伦不类的人为什么来北国冒险，真是一件让人难以逐磨的秘密。

鲍克听着他们大声地交易，看到那人与政府雇员之间付了钱，就明白苏格兰裔的混血儿，以及那些驾驶邮橇的人也要继早已走掉的波立特和福楼沙等人之后走离他。

鲍克与伙伴们一起被赶入新主人的营地时，发现那里乱七八糟，一切都混乱无序：帐篷搭了一半，碗碟也没洗。这里还有一位女性，男人们叫她“美茜子”，是查利的妻子，赫尔的姐姐。这一家人真是太有特色了。

鲍克看着他们动手拆帐篷，装雪撬；他们那副样子看上去十分弄拙，因而毫无条理。帐篷被笨拙地卷成一大捆，比应该卷成的样子还要杂乱；马口铁的碗碟没洗就收了起来。

美茜子不住地拍手跺脚，指指点点，唠唠叨叨，没完没了。他们将一只口袋放在雪橇前面，她认为应该放在后面。他们就将它放在后面，并在上面堆了两捆其他的包裹，这时，她又发现了一些其他的东西，这些东西哪儿都不能放，只能放在那只装衣服的口袋里才行。他们又把包裹搬了下来。

从邻近的帐篷里走出来三个男人，指手划脚，咧着嘴笑，在一旁袖手观看。

其中一个说：“我不想管你们的事，不过，你们真是不像话。我如果是你们的话，我就不带帐篷。”

美茜子文雅而惊奇地举起双手，叫道：“做梦也难想到呀！这个鬼地方，如果没有一顶帐篷，我该怎么办啊？”

“春天了，天气会温和起来的。”那人回答。

她却不那样想。于是，查利与赫尔又将最后一些零星东西放在一堆小山一样的行李上面。

三个男人中的一个问道：“你们看看这样能走动吗？”

“当然可以”查利的口气有些唐突。

那人赶忙温和、顺从地说："很好，很好。我只是有些担心，好像有些头重脚轻。"

查利转过身去，继续干活，尽可能地勒紧绳子——不过实际上，一点儿也没勒紧。

第一个人用毫不怀疑的口气说："这些狗当真能拉着这些东西整天跑了。"

"当然。"赫尔看起来很有礼貌，其实非常冷淡，他一手握住舵杆，另一只手抡起鞭子，喊道："走啊！向前走！"

那些狗于是都跳了起来，抵住胸带，苦苦拉了一会儿，没有什么动静，他们拉不动。

"懒畜生，我得给教训一下你们。"他叫喊着，准备用鞭子抽打他们。

然而，美茜子走了过来，一面抓住鞭子，将鞭子从他的手中夺了过来，一面叫道："赫尔，千万不能打这些可怜的宝贝！现在，你必须答应我，以后再不虐待他们，要不然的话我就不走。"

他的兄弟冷笑一声，说："你可真了解狗。你听我说，他们在偷懒，就这样，你要让他们做事，你就得抽打他们。随便你去问谁，问问那几个人看看。"

害怕看见狗挨打受苦的神态展现在美茜子美丽的脸上，她乞求地看着他们。

三个人中的一个说："你们想知道的话，问题就在于他们还没有恢复体力，软弱不堪。他们需要休息。"

"怎么可能。"赫尔张开没有胡子的嘴叫喊着。

美茜子既痛苦又悲伤地"啊！"了一声。不过，她是那种"胳膊肘向里拐的人"，马上又转过来维护自己的兄弟，尖刻地说，"随便怎么说吧，你在赶我们的狗，你认为该如何做，就怎么做好了。"

赫尔的鞭子不停地抽打在狗的身上。他们倾前身体抵住胸带，身体贴近地面，脚踩入压平了的积雪中，几乎是用尽全力地拉着。而雪橇好像铁锚一样，没有一点反应。

鞭子野蛮地呼啸时候，美茜子又过来干涉了。

她眼含泪水，跪在鲍克面前，搂住他的脖子，有些伤感地叫着："你们这些可怜的宝贝，怎么会拉不动呢？你们再加把力啊，那样，你们就不会挨打了。"

鲍克有点讨厌她，他只把这事作为全天苦役的一部分罢了，认为抗拒她不免过于卑鄙了。

曾经咬紧牙关，克制自己不再向他们提见议的一位旁观者，现在开口说话了：

"我不想管你们弄成什么样子。不过，为了这些狗，我得提醒一下，滑板冻住了，你们用力扳舵杆，向左右两边扳，雪橇就活动了，把冻住滑板的冰给除掉才能拉动。"

尝试了第三次，然而，赫尔听取了旁观者的意见，弄活动了冻在雪地上的滑板。终于，这辆由于超载而笨重不灵的雪橇前进了。在赫尔近乎疯狂的抽打之下，鲍克和伙伴们疯狂挣扎着。

小路在大约一百码的前面转弯了，陡峭的一面的斜坡通到大街上，这时，必需一位有经验的人去扶住头重脚轻的雪橇，但赫尔可干不了这些。因此，雪橇转弯时翻了，大部分的货物从松松地绑着的绳子里面甩了出去；狗却一直拉着往前走，减轻了的雪橇侧面着地，在他们的后面跳着前进。

因为装载不当，并且还受到虐待，狗们非常仇懑。鲍克此刻带领着狗队愤怒得狂奔起来。

赫尔"哗！哗！"叫着，狗们毫不理睬。他一不注意就被拖倒在地，这时，翻了的雪橇就从他的身上轧了过去。狗们急迅地在大街上奔跑着，将所剩的行李撇了沿斯盖途镇大街的一路，为镇上的谈笑增加了许多的材料。

热心的市民们勒住了狗，收集起散乱的东西。他们提出忠告，如果想要到达多盛，必须得把行李减半，然后增加一倍的狗。

赫尔他们此刻不以为然地听着大伙的意见，搭起帐篷，检查行装，看到翻出来的罐头食品，大家哄堂大笑，因为，在雪道上的长途旅行中带罐头，真是令人不可思仪。

帮忙的人群中的一个人笑着说："毯子足够一个旅馆用的，去掉吧。帐篷也该丢掉。还有碟子——谁来洗呀？上帝！你们想要坐着轿车去旅行吗？"

这样，他们只得去掉多余的东西。美茜子把几只衣服袋抛在地上，从里面扔出一件又一件东西。这时，她哭了，她当然舍不得丢掉这些东西，伤心地抱着膝盖前后摇晃。她说，即使为了一百个查利，她也不想再走了。

她向每个人，每样东西恳求。最后，她一面擦泪，一面将显然是必不可少的东西也扔了出去。她越扔越起劲，扔完自己的东西以后，转而又去扔那两个男人的物品，并且十分迅速地将它们一扫而光。

扔完以后，行李虽然少了一半，但还有不少。晚上，查利与赫尔去买了六条外路狗，加上队伍中原来的六条，以及旅行中得到的两条赫斯基狗狄克和古纳，凑成了一支十四条狗组成的队伍。

那几条外路狗中，三条是短毛的猎狗，一条是纽芬兰狗，另外两条杂种狗不知道是什么类型。这些新来的家伙虽然一上岸就受到了实实在在的训练，但仍然不听使唤。鲍克和自己的伙伴对他们很厌恶，尽管他很快就让他们安分守己，知道不应该做什么，但他教不会他们应该做什么。

除了两条杂种狗外，他们不喜欢缰绳与雪道。陌生而且野蛮的环境，以及所受的虐待，搞得他们无精打采，茫然不知所措，那两条杂种狗则瘦得只剩骨头，根本没有力气。

这新来的几条狗没办法指望什么，而原来的几条狗早就由于二千五百里的连续奔波而耗尽体力了。因此，前途注定了不会光明。只不过，那两个男人却非常高兴，而且十分满意。十四条狗！他们派头十足地干着。

他们看见一路上许多雪橇开了出去，越过白岭往多盛去，也看见过一辆辆雪橇从多盛驶过来。然而，他们从来也没发现的是，有哪辆雪橇上面套了十四条狗。在北极这地方赶路，之所以不用十四条狗拉一辆雪橇，是因为一辆雪橇装不了十四条狗的食物。

查利与赫尔根本不明白这些，他们用铅笔计算了一下这次旅行：一条狗吃多少，一共几条狗，多少天，等等。美茜子俯在一旁观看，点点头，仿佛领悟了一般。

这看起来很容易！

次日早晨，很晚了，鲍克才带领着这支庞大的队伍走在街上。他与他的伙伴们有气无力，无精打采。早在出发时，他们就已经疲惫不堪了，他在盐湖与多盛间已走了四次，跑途熟得让人厌烦。现在，他又一次走上了这条路，当然心中很是厌恶。

鲍克毫无心思工作，其他狗也都同他一样。外路来的狗胆小害怕，本地的狗对主人则毫无信心。

鲍克此时认为这两男一女不可依靠。他们什么也不会做，并且很明显，随着时光流逝，他们什么也不学习。一切都随意而为，懒懒散散，没有秩序与纪律。半夜的工夫才搭起一个不像样的帐篷，拆则耗费半个早晨，敷衍了事地装雪橇，白天的其他的时间里，只好不断地停下来整理行装。

有几天，他们每天走不了十里路。另外几天，几乎是停止不前，没有一天，他们能超过所预订的以狗粮为基数的一半路程。

他们不可避免地会缺少狗粮。而喂得太多狗粮则剩得更少了。喂食不足的日子提前来到了。

那些外路狗的食欲很强，慢性饥饿尚未训练他们的消化力达到可以充分利用少量食物的程度；此外，累伤了的赫斯基狗拉雪橇时可以说一点儿力气都没有。赫尔认为，正常的狗粮的定量太少。他增加了一倍。

更糟的是，眼睛中饱含泪水的美茜子，由于担心狗们吃不饱，满怀深情地劝他再给狗增加些。如果他不按她的话做，她就偷偷地从口袋里暗中喂他们。不过，鲍克与赫斯基狗尽管跑得非常慢，但拖着沉重的负担使唤他们几乎都精疲力竭。

他们需要的不是食物，而是休息。

一天，赫尔终于发现，狗粮已经消耗了一半，但是路程才走了四分之一。无论怎样想办法，也无法搞到狗粮了。他不得不减少了正常的狗粮的定量，还想增加每天的路程。无法吃饱饭的时刻逼近了。

他的姐姐、姐夫支持他，然而，他们沉重的行装与自己的碌碌无能挫败了他们的计划。减少狗的食物很简单，但没有办法让狗跑得更快。更何况，早晨时他们自己不能提前上路，从而不能延长每天赶路的时间。他们不但不知道如何使用狗，而且简直不知道如何使用自己。

最先完蛋的是杜博。这个贼，也真是运气太差了，总是被人抓住进行惩罚，不过，他仍旧还是一个忠实工作的家伙。他的被扭伤的肩胛因为没有及时治疗而感染了。最后，情况越来越糟糕，赫尔只好用那只科尔特式自动手枪将他打死。

通常人们认为外路狗所吃的定额口粮与赫斯基狗相等必定会饿死。因此，在只吃赫斯基狗一半口粮的情况下，鲍克所率领的六条外路狗，除了饿死，再没别的办法。先是纽芬兰种狗，三条短毛的猎狗也相继死去。两只杂种狗虽说苦苦硬撑了很长时间，但最终也没能逃脱饿死的命运。

这时，北极之行在剥去了它的魔力与浪漫以后，对他们而言，成为了过分苛刻残酷的现实。他们那种南方派头的温文尔雅全部消失得无影无踪了。

美茜子不像以前那样为狗而哭泣了。此外她还忙于与丈夫、兄弟吵嘴。只有吵嘴这件事，他们永远也不厌倦。

暴躁易怒生自不幸，随着不幸的增长，暴躁倍增，甚至会远远超过了不幸。在雪道上旅行，有的人的耐性特别惊人，工作艰辛勤恳，自始至终，含辛茹苦，亲睦友善，从不发怒。不过，这两男一女却不具备这种耐性。

他们的肌肉疼，骨头疼，心也疼，再难以忍受了，因此，一说话，就非常苛刻，尖酸。从他们口中说出的第一句话，直到晚上最后的一句话，都是充满了愤怒的争吵。

每个人都怀有一种信念，自己做了额外的工作，而且，一有机会，都会大发一通脾气。只要美茜子一给他们机会，查利与赫尔便争吵起来。

美茜子一会儿偏袒丈夫，一会儿党同兄弟，这样的争吵，无休无止，好看极了。例如，争执从砍什么样的木柴生火开始（本来，这种争执只限于查利与赫尔），然而，立刻就涉及父亲们、母亲们、叔叔伯伯们、表兄表弟们等等他们所争论的人远在几千里地以外，有的甚至早已作古。

难以琢磨的是，赫尔关于艺术的见地，或他舅舅写的一些社会剧作与劈柴生火有什么关系。不过，口角却无数次转移到这些方面，就如同经常滑到查利的政治成见上一样。显然，只有美茜子才了解查利的姐姐搬弄是非的习性与劈柴生火之间的关系，因为她一直不绝于耳地就这个问题大吵大叫，并附带说起一些婆家所具备的不幸特征。

在争吵的过程中，火没有生，帐篷没有搭好，狗也没有喂。

美茜子满怀伤感，那种伤感是女性所特有的。她既美丽又温柔，一生中，人家都殷勤对她。不过现在，她的丈夫与兄弟对她说不上殷勤了。装出一副可怜的“无可奈何”的模样，本是她的习惯，但他们埋怨了。他们触犯了在她认为是女性最基本的特权的东西。因而，她便搞得他们的生活痛苦难耐。

由于身体疲乏、疼痛，她改变了往日对狗的关心，而坚持坐在雪橇上。虽然美丽温柔，但她的体重却有一百二十磅。这样的重量，对于这群拖着沉重的负担、饥寒交迫、疲惫无力的畜生来说，实实在在是令人负担不了的“最后一根稻草”。

她坐了好几天，直到狗在缰绳里跌倒，雪橇不再前进为止。查利与赫尔求她下车走路，苦劝哀告，她只是哭泣，不为所动。

一次，他们用武力硬将她拉下了雪橇。但他们好像后悔了。她两腿瘫软地坐在雪道上，像一个耍懒的小孩儿。他们继续向前走，但她却停止不前。他们走了三里路以后，不得不卸下雪橇上的东西，回来接她，又将她抬上雪橇。

在这样极端的条件下，他们对牲口的痛苦冷酷无情。赫尔持一套一个人必须心狠手辣的理论，在别人身上实施。开始，他曾向姐姐、姐夫宣传过，不过并不起什么作用，他便将一根棍子捅到狗的心窝里去。

在五指山，狗粮用完了。一个没牙的印第安老太太想和他们做一笔交易，用几磅冰冻的马皮换那支挂在赫尔屁股后面的科尔特式自动手枪。马皮是六个月以前从牧人饿死的马身上剥下来的，冰着，好似铁片，是一种没什么太大用处的代食品。那些狗勉强地吞入腹中，它立刻溶为薄薄的皮带，浓密的短毛，既对胃口有刺激，又难以消化。

鲍克自始至终艰难地走在狗队的前面，能拉的时候，他就拉；拉不动的时候，跌倒在地，他就躺着，直到鞭子或棍子打得他重新站起来。

他皮毛上的光泽早就完全没有了，垂下的毛发松软邋蹋，凝干了的血迹斑斑，证明着赫尔的棍子的痕迹。他此刻瘦得几乎是皮包骨头了。透过松弛的皮肤，每根肋骨以及骨架上的每根骨头都可以看得清清楚楚，让人心碎。

但是，鲍克的心不会碎。那个身穿红色卫生衫的人曾经证明了这一点。

鲍克如此，他的伙伴们的情况同样很糟，成了一具具活骷髅。他们一共七只狗，在这种条件下，变得感觉不到鞭子打的疼痛了。毒打的痛苦显得麻木起来，如同他们耳闻目睹的一切渺茫模糊一样。

他们瘦骨嶙峋。生命的火花比以前更为微弱了。半死不活——他们连“四分之一地活着”也谈不上。每当休息的时候，他们僵硬地倒在地上，和死狗没有什么区别；生命的火花仿佛即将熄灭。当鞭子棍子频繁地落到他们身上的时候，火光又模糊地闪亮起来，他们又摇晃着站立起来，蹒跚前行。

终于有一天，好脾气的比利，永远倒了下来。赫尔早已卖掉了手枪，便用斧子敲碎了倒在缰绳里边的比利的脑袋，将尸体拖到一边。

鲍克看到了。他的伙伴们也都看见了。他们明白，他们很快地也会像比利一样。

第二天，古纳也没了！

只剩下五只了！

乔治衰弱得有气无力了。一瘸一拐的派克此刻哪里还有心思装病？独眼的索勒克斯依旧做着缰绳与雪道的苦工，为自己目前的处境而悲伤。狄克，这一冬天虽然没跑那么远的路，但由于气色比别人稍好，挨的打比谁都多。鲍克依然居于狗队之首，却有一半的时间因为衰弱两眼昏花，他是已没有力气维持纪律，只是在凭借雪道朦胧的影子或爪子模糊的感觉往前走而已。

无论狗还是人，谁也没注意到这是一个明媚的春天。太阳比以往升得更早，落得也更迟。清晨三点，曙光就出现了；到晚上九点，天还没有黑下来。在漫长的白天里，阳光灿烂。

阴森可怖的冬天的沉寂，已经让位给了复苏生命的春季的喧嚣。这种喧嚣发自大地的各个地方，生命勃发；发自于生机盎然的活动的东西，它们在漫长的冰天雪地的岁月中，像死了一样。松树树干的浆汁升起来了。

杨柳吐出了嫩芽；灌木与葛藤如同穿上了一件绿衣裳。晚上，蟋蟀在叫。白天，许许多多爬行、蠕动的东西沙沙地爬进阳光里。鹧鸪和啄木鸟在森林里咕咕地叫，笃笃地敲。松鼠嘁嘁地啁啾，鸟儿在唱歌，从南方飞来的野雁在天空飞翔，排成精巧的人字形划破天空。

万物解冻，一切都在溶解，噼啪作响。可以听到四周流水潺潺的声音，那是条条泉水奏响的音乐。

育空河奋力挣脱束缚着自己的冰雪。河水从下面侵蚀，阳光从上面瓦解。气孔形成了，裂缝产生了，而且扩散开来，一块块薄薄的碎冰破裂瓦解消失在河水中。

在灿烂的阳光下，在苏醒过来了的生命爆发、碎裂和悸动的时候，那两男一女和几条赫斯基狗，仿佛是走向死亡的过客，他们步履蹒跚。

那群狗跌着跟头。美茜子坐在雪橇上哭着，赫尔不停地咒骂。查利的眼中含着泪水，若有所思。他们如此这般挨到了白河口，来到了约翰·桑德的营地。

休息时，那几只狗倒在地上，他们如同死了一般。美茜子擦一擦泪水，看一看约翰·桑德。由于身体僵硬，查利吃力地慢慢坐下来，坐在一块大木头上休息。赫尔沉默不语。

约翰·桑德正将一根赤杨木削成斧头柄，他边削边听，冷淡地答以片言只语，人家询问时，他就简要提出忠告。他很清楚他们这样的人：你提出忠告，但人家一定不会听从的。

桑德劝告他们不要在正解冻的冰上冒险，赫尔答道："在上边时，别人就对我们说雪道的底层脱落了，不让我们在上面走。他们说我们走不到白河，但是，我们到这儿了。"他说着，还带着自得的冷笑。

"他们说的是实话，雪道随时都有可能脱落。只有傻瓜才盲目蛮干，说实话，即使能够得到阿拉斯加所有的金子，我也不会拿生命在冰上冒险。"

“那可能因为你不是傻瓜。不管如何，我们要继续向多盛前进。”赫尔说着，扬起了鞭子，“喂！鲍克！起来！起来呀！走！”

桑德继续削着，他明白，干涉傻瓜和他的愚蠢行为只会多费口舌，何况世界上多两三个或少两三个傻瓜，并不会影响事物发展的程序。

但是，那群狗早已到了被痛打之后才起来干活的程度，他们听见了命令，却无动于衷。于是，鞭子挥舞，执行残酷无情的命令。

约翰·桑德咬紧了嘴唇。

索勒克斯第一个爬起来，接着是狄克，然后是乔治，他们都疼得直叫。派克痛苦地努力了几次，尝试了好几次才勉强爬了起来。

鲍克并不努力，安静地卧在倒下的地方。鞭子一次次地抽打，他却没有反应。

泪水涌入桑德的眼里，他想争论什么，话到嘴边又咽了回去。鞭子继续抽打着，桑德站起身来，走来走去，犹豫不决。

这是鲍克第一次失职。

赫尔大怒，将用惯的棍子取代鞭子。鞭子雨点一般落在鲍克的身上，鲍克依然不动。和伙伴们一样，他能够勉强爬起来，但与伙伴们不一样的是，他决心不起来。他这个时候觉得大难即将来临。

当他将雪橇拉上河岸时，他的这种感觉就特别强烈，脚下整日踩着薄薄的融解的冰层，让他感到非常不安。主人要驱赶他到前面那一片冰上走，他止步不前。既然所受的痛苦再大，身体又是如此有气无力，那么，挨打也无所谓了。

这样，当打击依然落在他身上的时候，他体内生命的火花闪烁不定，几乎要熄灭掉。他感到一种异常的麻木，最后，一点痛苦感也没有了。他没有了知觉，只是不甚分明地听到棍子敲打身体的声音，而那身体好像已经不是他的，非常遥远了。

突然，约翰·桑德毫无预告地大叫一声，那声音十分恐怖，更像是野兽的吼叫，直接向那个正挥舞棍子的人扑去。赫尔如同被一株倒下的大树撞了一下，向后倒退了好几步。

美茜子尖叫一声。查利由于身体发僵没有起来，揉一揉水汪汪的眼睛，莫名其妙。

约翰·桑德挺身护住鲍克，竭力控制着自己，他现在气愤得说不出话来。

终于，他哽咽着说："你如果再打这只狗的话，我就杀了你。"

赫尔一面走回来，一面擦着嘴里流出来的血："这关你什么事。你给我滚蛋，要么我就揍你。我要到多盛去。"

桑德站在赫尔与鲍克之间，没有离开，赫尔拔出了他那把长长的猎刀，美茜子一阵歇斯底里，不知在叫喊着什么。

桑德用斧头柄敲了一下赫尔的指关节，将猎刀打落在地。赫尔想要去拾，他又敲了敲他的指关节。然后，他自己拾起刀来挥了两下，割断了鲍克的缰绳。

赫尔呆在一边；而且，他的姐姐抓住了他的两只手，不对，是他的两只胳膊。与此同时，鲍克也靠近死亡的边缘。

几分钟后，他们从河岸出发，顺流而下。听到他们走，鲍克抬起头来看：派克在前头，索勒克斯压阵，中间是乔治和狄克。他们就这样，蹒跚而行。美茜子坐在雪橇上。赫尔把着舵杆，查利颠着脚跟在后面。

鲍克望着他们的时候，桑德跪在他旁边，用粗糙的手掌寻找折断的骨头，他除了伤痕累累和可怕的饥饿以外，没有什么大碍。这时，雪橇走出四分之一里了。他们一起看着它在冰上爬行。

突然，他们看到它的后头陷了下去，赫尔紧握的舵杆猛地跳到了半空中。他们听见美茜子尖叫一声。查利转过身体，跑回一步。原来整个一片冰裂开了，他们一起都无影无踪了，只有一个张着大嘴的洞。

雪道的底层终于脱落了。

约翰·桑德和鲍克注视着对方，说：“你这可怜的家伙。”

鲍克舔一舔桑德的手。

六　救主报恩

去年十二月的时候，约翰·桑德冻坏了脚，伙伴们将他留下休养，然后他们就逆流而上，锯木头，造筏子，准备去多盛。救鲍克的时候，他的脚没有完全恢复。所幸的是，随着气候的继续变暖，他终于完全恢复了。

在漫长的春季的白天，鲍克卧在河边，望着奔腾不息的流水，心情愉快地听着百鸟的歌唱，大自然嘈杂的声音。他的体力渐渐地恢复了。

一个人在旅行了三千里路后休息一阵子，没有比这更好的了。但是也必须承认，在伤口愈合，筋肉鼓起，肌肉又长起来的时候，他也渐渐地变懒了。说起这事，他们——鲍克、约翰·桑德、司基特、尼各没有什么事情可做，只是等待筏子的到来，载他们顺流而下，到多盛去。

司基特是一只爱尔兰种的母猎狗，与鲍克关系很好。他濒临死亡的时候，没有力量拒绝她最初的善意。她具有只有某些狗才有的那种医生的特性，十分认真地舔净鲍克的伤口。每天早饭以后，她便有规律地做这项工作。最后，像期待桑德的照顾一样，鲍克也期待着她的照顾。

尼各是一只大黑狗，半是警犬种，半是猎鹿犬种，眼睛不太大，脾气非常好。他喜怒不大形于色，却非常友善。

鲍克感到惊讶的是，这些狗对他竟没有一点嫉妒，而是共同分享着约翰·桑德的仁慈与宽容。鲍克的身体好一点时，他们就诱导他一起做游戏，吸引桑德也愉快地参与其中。就这样，鲍克快乐地过完了自己恢复身体的这段时间，他感到这是一种新的生活。

平生第一次，他拥有了爱。这种爱，是充满了真正热情的爱，即使在阳光灿烂的圣科拉拉山谷中的米勒大法官的府邸上也不曾经历过。陪伴大法官的儿子打猎散步，是工作中的伙伴之情；伴随大法官的孙子，是在尽自己保护之责；至于陪伴大法官本人，那更是一种令人向往的友谊。只有约翰·桑德，才唤起了鲍克这种如痴如醉、狂热炙人的爱。

这与这个人救了他的命当然有关系；但是，他更是一位理想的主人。别人细心照料自己的狗，是出于责任，以及事务方面；然而，约翰·桑德的狗仿佛是他的亲骨肉，他照顾他们的利益，乃是出于情不自禁。而且，他总爱温和地打一声招呼，或说一句友善的话语，坐下来与他们长时间交谈（他称为“瞎扯”）。这个时候，他们便沉浸在幸福之中。

他习惯用双手粗鲁地抱住鲍克的脑袋，接着前后推搡着叫他的诨名——鲍克意识中的亲热的称呼。这种粗鲁的拥抱与喃声咒骂，对鲍克来说，幸福无比。他被前推后搡的时候，几乎无法克制内心的狂喜，那种狂喜是如此之大，令他痴迷！放开以后，他便跳了起来，咧着嘴笑，眼睛之中似乎有着千言万语，一动也不动，这时，约翰·桑德就肃然起敬，叫道：“上帝呀！你除了说话，什么都会啊！”

鲍克表达爱情的方法，和伤害很相似，和鲍克将咒骂的言语理解为爱情的诉说一样，桑德也认为鲍克的装作咬人是一种爱抚，鲍克许多次用嘴衔住桑德的手，而且凶猛地咬住，很长时间，他的牙印还赫然地印在桑德的皮肤上。

不过，鲍克的爱更多地表现为崇拜。桑德抚摩他或与他说话时，他兴奋极了。但他并不寻求这种爱的标记。司基特爱将鼻子拱到桑德手下，直到他拍拍她才罢休，尼各则略显笨拙地直立起来，把头放在桑德的膝盖上。

鲍克既不同于司基特，也和尼各有区别。他只是心甘情愿地，远远地崇拜。他会长时间地卧在桑德脚下，机警热心，抬起头来，目光滞留在主人的脸上一动不动，察颜观色，以最大的兴趣注视着他面部每一种的表情，每一种变化，以及眉目之间的每一个动作。或者，有的时候，卧在更远的地方，在那人身边或身后，凝视他的轮廓，还包括身体偶然的一举一动。

鲍克凝神注视的力量经常将约翰·桑德的头扭转过来，桑德也会默默地报以凝视，眼中流溢出浓浓的情感，正如鲍克的爱恋之情从眼中放射出来一样。

从进入北国以来，鲍克的主人的一再变换让他产生了一种恐惧，好像在害怕没有一位主人可以持久不变，担心桑德像波立特、福楼沙、苏格兰裔的混血儿一样从他的生活中永远消失，这种担心就算在夜里梦中也常常在他的脑海中出现，于是，他爬到帐篷的垂帘下面，站在严寒里谛听主人呼吸的声音。在被救以后的一段很长的时间内，他都离不开桑德。从走出帐篷开始，到走进帐篷为止，他总是不离左右。

尽管鲍克对约翰·桑德怀有深情厚意，这可以体现出温文尔雅的文明对他的影响。但是，北国唤起的他内心深处的那种本性依然活跃，而且非常活跃。他既有因火的温暖和遮风蔽雨的房屋而引发的忠实与虔诚，同时也保留着自己的野性与狡诈。与其说他是生长在和风细雨温暖宜人的南国，带着一代代文明烙印的一条狗，不如说他是一只从荒原走来、坐在约翰·桑德的火边的一只野兽更恰当。由于对主人的情意深厚，他不能偷这个人的东西；可是，他并不迟疑，偷别人的营地的东西，而且，那种狡诈的偷窃手段使他很难遭到惩罚。

司基特与尼各从不与人争吵，而且他们属于约翰·桑德。但是，陌生的狗，无论血缘如何胆量如何，都不得不承认鲍克处于一个优越的位置，不然的话，必会发现自己在与一个可怕的敌手你死我活地争斗。鲍克浑身上下到处都是争斗撕咬的道道伤痕，他打得和从前一样凶猛，并且更加机灵。

无情的鲍克早已理解了牙齿与棍子的规律，既不放过任何有利的机会，也决不对一个已经陷于死地的敌人手软。从斯帕斯、还有警察局、邮运队的主要战狗那里，他都经历过残酷的教训，知道了支配对方或被对方支配，除此之外别无选择，在原始的野蛮生活中，慈悲根本不存在；仁慈是一个弱点，被误解为害怕，而这种误解直接导致死亡。战胜或被战胜，他必须服从这个从“岁月”的远古时代流传下来的命令。

他比那个从看到世界、呼吸空气以来的他的年岁要大。他回想起自己的经历，背后的永恒以一种强有力的旋律此刻正在支配着他，如同支配着潮汐与季节一样。坐在约翰·桑德火堆旁边的，是一条宽胸脯、白牙齿的长毛狗；但是，各种各样的狗，半狼半狗，野狼的影子，在催促他，怂恿他，与他共享肉的美味，喝水，与他一起嗅风，并且倾听森林中野蛮生活的声响，支配他的心情，影响他的行动。他卧下时，他们和他一同睡觉，一同做梦，超出他的形体以外，在梦中与他相遇。

这些影子独断专横地吸引他，人类以及人类对他的要求越来越远。他经常听到一种声音在森林深处呼唤他，这种声音莫名其妙，动人心弦，诱惑他不由自主地想不停地前进，投身到森林之中，抛弃篝火和被人踏平了的土地。他无从知晓，也从未思索过其中的原因。

那种声音在森林深处持续不停地呼唤着他，他经常走到荒无人迹的松软的土地上，绿荫丛中，这时，牵挂桑德之情又把他拉回到火堆旁边。

人类中，只有桑德一个人令他恋恋不舍。偶尔，旅客们经过时可以称赞他或拍拍他，他则毫不在意；如果一个人过分讨好他，他便爬起来，一走了之。

桑德的伙伴哈斯与彼得划着木筏到来的时候，他没有搭理他们，当明白他们与桑德的关系非常亲近以后，才麻木地容忍了他们。他接受他们的好意，就像在给他们面子。他们与桑德一样，勤劳朴实，思想单纯，目光敏锐。筏子尚未到达多盛锯木厂旁的大漩涡的时候，他们对鲍克就已经非常理解，因此，也不再强求与司基特和尼格那样同等程度的亲热了。

然而，他对于桑德的热爱更为深沉。夏季旅行的时候，只有他可以将行李放在鲍克背上。只要是桑德提出的要求，不管怎样困难，鲍克绝不嫌弃。

一天，（他们以木筏为抵押获取的一笔款子为资本，从多盛往特纳纳河的源头去），人与狗坐在一座悬崖顶上。那座悬崖耸立于三百尺下面赤裸的河床岩石之上，十分陡峭。约翰·桑德靠边坐着，鲍克在他的肩膀的一旁。突然，他的脑海闪过一个令人担心的想法，他让哈斯与彼得注意，他要做一个心理试验。

他用手，指着深渊的另一边，命令说：“鲍克，跳！”

刹那间，桑德与鲍克已经扭成一团，在悬崖的边缘上挣扎。

哈斯与彼得赶快想办法将他们拖回到安全地带。

事过以后，彼得说：“非常危险。”

桑德摇摇头：“不！真了不得，你知道吗？我有时很担心。”

彼得向鲍克点点头，断然说道：“他在你附近时，我连碰一下你都不敢想。”

哈斯也提出意见：“啊呀！我也是这样。”

年底，他们在环城的时候，彼得的疑虑证实了。

酒吧里，一个相貌惨忍，脾气极坏的“黑汉”——伯顿，和一个新来的人寻衅滋事，桑德好意上前劝解。和过去一样，鲍克卧在一个角落里，脑袋趴在爪子上，始终留意着主人的一举一动。伯顿也不警告，毫不留情地出手就打，打得桑德晕头转向。

这时，那些袖手旁观的人们突然间听到一种声音，既不是吠声，也不是号叫，那可以称为怒吼，看到鲍克从地板上爬起身来，一跃而起，扑向伯顿的喉咙。伯顿本能地伸出胳膊才得以保住了性命，然而被撞倒在地。鲍克骑在他的身上，刚刚松开口，又扑上去咬喉咙。这一次，伯顿无计可施，喉咙被咬破了。

众人赶了过来，急忙赶走鲍克。外科医生为那人上药止血时，鲍克依旧狂怒地咆哮着，窜过来窜过去，还想向上扑。一排愤怒的棍子将他击退。

于是，一次“矿工会议”当场召开了，宣判鲍克有充分的理由发怒咬人，立即释放。

鲍克因此名声大振，威名遍及阿拉斯加的每一个营地。

那年秋天，他又一次以一种令人难以置信的方式救了约翰·桑德的性命。他们顺流在四十里河一带的急流中航行，三个人用绳子拉着一条用篙撑的又长又窄的船，哈斯与彼得在岸上，用一根很细的马尼剌绳子将船一棵树一棵树地勒住；与此同时，桑德在船上忙着工作，大声地指挥着岸上的行动。

鲍克小心谨慎地在岸上随船前进，注视着自己的主人，眼睛一转也不转。

行至一处特别险恶之地，一块暗礁突出河中。桑德将船撑进河流中时，哈斯解开缆绳，紧抓绳头沿河岸向下跑等船越过暗礁时再勒住它。然而，船在汹涌急流中飞驰而下，越过暗礁时，哈斯勒绳控制船的动作过于用力，船冲到岸上，翻了个底朝天，桑德落到水中，被冲得顺流而下，很快便被冲走。

那里，一片惊涛骇浪。没有一个游泳的人可以活命。

鲍克毫不迟疑立刻跳下水去，游了三百码，终于在一片汹涌澎湃的漩涡里赶上了桑德。他感到桑德抓住了他的尾巴后，便竭尽全力，向岸边游去。

然而，靠向岸边的速度比不上漂向下游的速度。下游的汹涌急流更加疯狂，巨大的梳子齿一样的岩石就在眼前，浪花飞溅。

水在最后一座陡坡的起点的吸引力是这样可怕，桑德突然快速地从一块岩石上面擦了过去，第二块岩石撞伤了他，紧接着又将他撞到第三块石头上。

桑德知道很难再游到岸上，他放开鲍克，紧紧抱住第三块礁石光滑的顶部，喊声压倒了滚滚河水：“鲍克，走！快走！”

鲍克支持不住，河水将他冲向下游。他拼命地用力，却游不回来。他听见主人不断地喊叫，就挺身昂首露出水面，好像是为了最后再看一眼似的，服从地游向岸边。

他游水很有力量。恰好到不能游泳，几乎丧命的地方，彼得和哈斯把他拉上岸。

一个人在急流的冲击之下，抱着一块光滑的岩石，支持不了太长的时间。对于这一点，彼得与哈斯心中非常清楚。他们沿着河岸飞快地向上游跑去，到离桑德与石头很远的地方很细心地用控制船的绳子拴住鲍克的脖子和肩膀，既不能让他喘不过气来，又不能影响他游水，然后，将他放下水去。

鲍克再次游了出去，然而，他并没有笔直地游向河心，等快接近主人时，一切都已经太晚了：桑德的位置与他并肩，距离很近。鲍克无能为力，被水流冲了过去。

哈斯忙拽绳子，这突然一拽，绳子紧紧勒住了急流冲击中的鲍克，将他拽到水下，一直沉了下去，身体撞到了河底，好不容易被拖上岸来，已经淹得半死不活。哈斯与彼得赶紧给他做人工呼吸，呼进气去，压出水来，鲍克蹒跚着站起来，接着又跌倒了。

他们听见桑德微弱的声音，虽然听不清楚，但是他们都清楚：他已经濒临绝境。

主人的声音像电一样击在鲍克身上，他立刻跳了起来，带着那两个人又跑到河岸上游原来出发的地方。

拴好了绳子。他又下水游了出去。他计算错了一次，但这次不会再错了。哈斯放开绳子不使之松弛，彼得不让它乱作一团。他笔直地向河心游去，和桑德成了一条直线后，才以飞快的速度转身向桑德冲过去，随着流水的全部冲力撞向桑德的身体。

桑德看到他来了，急忙用双臂抱住鲍克毛茸茸的脖子，哈斯将绳子绕着树干勒紧，勒得鲍克与桑德喘不过气来，他们有时会沉入水中，不能呼吸，一会儿这个在水上，一会儿那个又在水底，从到处是石头的河底被拖过去，撞到一块块暗礁和岩石上，最终十分艰难地，被拖上了河岸。

桑德遍体鳞伤，哈斯与彼得将他腹部向下放在一段漂木上，过了很长的时间他才醒过来。他醒后的第一眼就是寻找鲍克，看见尼各在他软弱无力，毫无生气的身旁呼唤，司基特则正舔他的湿脸与紧闭的双眼。鲍克终于恢复了知觉，桑德为他检查身体时，发现他有三条肋骨折断了。

于是，他宣布道："好吧，我们在这里宿营。"

他们在这里住了下来，一直到鲍克受伤的肋骨痊愈。

在多盛的这一年的冬天，鲍克又立下一件功劳，这件功劳可能称不上有上次那样勇敢，但却足以使他彪炳在远近闻名的阿拉斯加的图腾柱上的美名连升几级。三个人为此最为兴奋，他们因此有了所需的装备，可以到一心向往的尚未开发的东部去旅行，矿工们从来都没有到过那里。

这件事情起因于爱尔多拉朵酒店里的一次谈话，人们都喜欢吹嘘自己所宠爱的狗。因为过去的辉煌的历史，鲍克很成了众人议论的话题，桑德不得不坚决维护。

他们不停地争论着，一个人说他的狗可以拉得动载重五百磅的雪橇；第二个吹说自己的狗可以拉动六百磅；第三个人说七百磅。

约翰·桑德说："呸！鲍克拉得动一千磅。"

吹说自己的狗可以拉动七百磅的家伙——马修斯，一位博内扎的金矿大王，追问："能拉着走吗？能走一百码吗？"

约翰·桑德冷冷地说："能！当然能拉着走！走一百码！"

马休斯为了让每一个人都听得清清楚楚，说："好！我用一千块钱作赌，我认为他决不可能。”说着话，他向桌子上砰地扔出像意大利香肠大的一袋金沙。

屋里一下子静了下来。

桑德虚张声势的大话——如果真的是这样——立刻可以见到分晓了。

桑德感到一股热血冲到脸上。自己的舌头欺骗了自己。半吨！他简直不能相信，他相信鲍克的力气很大，曾经也认为过鲍克可以拉动如此之重的负担。但是，他不清楚鲍克能不能拉动一千磅，他从来没有让鲍克拉过这么重。

人们用眼睛紧紧盯着他，默默等待。

他也没有一千块钱。

哈斯与彼得同样没有。

马休斯继续说：“我现在恰巧有辆雪橇车停在外面，装着五十磅一袋的面粉二十袋，你不用操心好了。”

桑德此刻失去了思维能力，从一张张面孔上无奈地望过去，到处寻找可以重新启动脑筋的东西。

他无话可说，所以没有回答。

他从前的老伙伴——杰姆·奥勃爱恩——一个马斯特登金矿的金矿大王的脸色吸引了他的目光。他脸上的那种神态，好像是在鼓舞他去做一件想都不敢想事。

他几乎是悄声问道：“你能借我一千块钱吗？”

奥勃爱恩答道：“没问题，”说着，他将一个满满当当的口袋扔到马修斯口袋的旁边，“约翰，我在想，我认为这家伙干不了这件事。”

爱尔多拉朵酒店的桌子全空了，人们都走到街上看这场试验。赌钱的人纷纷下注，看它的结果如何。好几百人距离雪橇不远围成了一个圆圈。

马休斯那辆载着一千磅面粉的雪橇早在那里停了两个多小时。外面是零下六十度的严寒，滑板早就结实地冻在压得硬如石头的冰雪上面了。

人们以对折的彩头赌鲍克拉不动。

而且，人们对“拉动”这句模棱两可的话的理解存在争议。奥勃爱恩让鲍克将雪橇从静止的状态拉起，主张桑德拥有除去冻住了滑板的冰块的权利；马休斯则坚持认为，“拉动”包括将滑板从冰雪冻结的状态下拉出来。

耳闻目睹了这场赌博的人们多半支持马休斯。

赌鲍克必输的放彩比例现在已达到了三比一。

然而，没人相信鲍克可以拉得动，因此，没有人接受挑战。

当时赌得特别草率，本来疑虑重重，看看雪橇前面，十只狗组成的队伍正蜷缩在雪地里。摆在眼前的事实，更加证明鲍克无论如何都办不到。

马休斯得意洋洋，宣布：“桑德，三比一，我按这个金额和你再赌一千块钱，怎么样?”

桑德脸上的疑虑明显可以看出来，然而，他那种超越胜负的斗志被激发了起来。除了喊杀声，他什么也听不进去。

他相信鲍克能办到。

他叫来哈斯与彼得。他们没有多少钱，连同他本人的，三个人凑够了二百元。他们手头正拮据，这是他们全部的资本。然而，他们意志坚定，孤注一掷，去赌马休斯的六百块。

人们解开了那十条狗，将鲍克连带挽具一起拴在了雪橇上。那种兴奋之情令他感动，他感到自己一定在用某种方式为约翰·桑德去完成一件十分重要的大事。

对他的仪表堂堂，人群中发出一阵啧啧的赞叹。他的状态现在很好。全身上下，没有一点多余的肉。有一百五十磅的体重，也就有一百五十磅的勇猛和力气。毛衣闪闪发光，顺脖子而下的大片鬃毛披满双肩，并且似乎随着他的一举一动一起一伏，每一根毛因为过于旺盛而有生命力，非常活跃。胸脯宽阔，前腿粗壮，看上去强健有力。皮下的筋腱结实非常，圆圆滚滚，摸上去可以感到坚硬如铁。

于是，赌注的比例降为二比一。

最近暴富的王朝的一个成员，一个坐头把交椅的贩狗大王，十分吃惊地说：“天呀！天呀！先生，先生，在考验他之前，我出八百块，八百块买他。”

桑德摇一摇头，走到鲍克身边。

马休斯抗议：“你不要靠近他。让他自己干。不能影响他。”

人群肃静下来。只有一些赌徒枉然接受对折彩头的声音。

人人都赞同鲍克确实非同一般，然而，二十袋面粉——每一袋有五十磅之重，实在太庞大了。他们不愿往外白白扔钱。

桑德在鲍克的身边跪了下来，然后捧住他的脑袋，脸偎着脸。他与往日不一样，既不开玩笑摇晃他，也不是小声地温柔而亲热地骂他，而是冲着他的耳朵轻声说：“鲍克，你是爱我的啊！你是爱我的啊！”

鲍克满腔热情，呜呜地叫。

事情看上去很神秘，好像在施魔术一般。

人们注视着，十分好奇。

桑德站起身来，鲍克用牙齿咬住他的一只戴着手套的手，慢慢地，非常勉强地松开了，这种回答用的字眼不是语言，而是爱情。

桑德后退几步，说：“鲍克，加油啊。”

鲍克按照自己学到的方法，拉紧缰绳，然后又放松了几寸。

与四周充满紧张气氛的寂静比较，桑德的声音格外尖锐：“向右！”

鲍克向右斜冲，冲力绷紧了那根松弛的缰绳，一百五十磅重的身躯用尽全力猛地一拉，滑板下面拆裂的声音清脆响起。

雪橇颤动了。

桑德十分沉稳地命令道：“向左！”

鲍克向左又重复了一遍刚才的方法，拆裂声成了咔喳声。

雪橇旋转了，滑板向旁边滑行了几寸。

雪橇终于脱离了冰面。

人们屏住呼吸，周围安静极了！

桑德的命令再次响起："走！"

鲍克以一种猛烈的冲刺绷紧缰绳，由于用出了最大的力气，全身紧紧缩成一团。丝绸一样的皮毛下面的筋肉扭动着，集结在一起，凝聚出最强大的力量，头朝向下面，宽阔的胸脯低低地俯在地上，爪子疯狂地向前飞扒，雪地上显现出两条平行的深沟印在地面上。

此刻，颤动着向前移。

他的一只脚滑，有人大声呻吟了一下。

以后，雪橇不断地半寸…一寸……两寸……时而停顿时而向前，但并没有完全静止下来。显而易见，挫折渐渐减少，雪橇有了足够的运动量以后，震动减小了，雪橇平稳向前行进。

人们都没有意识到他们曾经在刹那间停止过呼吸，在喘了一口气后，又开始呼吸了。

桑德跟在后面，用简短有力的话语激励鲍克。

距离早已量出来了。

他靠近标志着一百码距离的终点的那堆木柴的时候，欢呼之声几乎是爆发出来。

他走过木柴，听到停止的命令。

这时，人群中爆发出一阵吼声。大家——当然也包括马休斯，兴奋欲狂，帽子与手套在空中胡乱飞舞。人们胡乱握手，大家沸沸扬扬乱喊一气，也听不出说些什么。

桑德在鲍克身边跪下，来回推搡着他。匆忙围过来的人们听到他在骂鲍克，骂得温柔，亲热，热烈，长久。

此刻贩狗大王唾沫星子乱溅："天啊！先生！天啊！先生！我出一千

块钱买他！先生，先生，一千——一千二啊！先生！”

桑德站起身来，他早已泪流满面，泪水在脸上无所顾忌地流着，他向那个坐头把交椅的贩狗大王说：“先生，不行。我给你最好的回答就是，请你滚吧，先生。”

鲍克将桑德的手含在牙齿间。桑德推着他不断地前后摇晃。

一种发自内心的冲动驱使着人们一起礼貌地后退一步，不再鲁莽地上前打扰了。

七 野性的回归

仅仅五分钟的时间，鲍克就为约翰·桑德挣了一千六百块。主人因此得以还清债务，还可以与伙伴前往东部，寻找一处地点不明的金矿。

金矿的历史和东部的历史一样悠久，许多的人都曾前往寻找。可能有极少的人发现了，但更多的人一去不复返。悲剧淹没了它，神秘的气氛笼罩着它。

没有人知道谁最先发现了金矿，就算是最古老的传说也说不清楚。奄奄一息的人们用一块块和北方已知的各种等级的金子完全不同的天然的金块证明，发誓说那里有一所小屋子，只要找到小屋，就找到了金矿。

然而，大部分人没能活着回来，没有一个活着的人曾经找到这座宝藏。桑德、彼得和哈斯带着鲍克与其他六条狗，沿一条无名小路向东走，去完成许多和他同样能干的人与狗在那里没有实现的事情。

他们向育空河上游走了七十里，左转，入司徒尔特河流域，途经麻约、迈科奎恩，直到司徒尔特河逐渐变小变窄，穿过这片大陆的脊梁——一座座山峰高耸入云。

约翰·桑德所要求于人类或自然的东西极少。面对辽阔而又人迹罕至的荒原，他毫不畏惧。只要有一把盐，一支来福枪，他便可以深入蛮荒的原野，想去哪儿就去哪儿，想停留多久就停留多久。和印第安人一样，他每天在旅途中打猎为食，悠然自得；如果没有打到猎物，他就继续走路，坚信肯定会遇到，因此，这次进入东部的长途旅行，雪橇上装满了各式工具和弹药，菜单自然只剩下单一的肉食，时间则没有尽头地延续下去。

这种打猎、捕鱼和自由自在地在奇特的异乡的环境中游逛，在鲍克这方面其乐无穷。他们会有时连续走好几周，一刻不停；有时则随地安营，停留好几个星期。人们用火在结冻的腐殖土和沙层上钻洞，淘洗数不清的盘盘泥沙，狗们就随心所欲地闲逛。他们根据打猎运气的好坏，时而忍饥挨饿，时而尽情吃喝。

夏天来了，他们将东西驮在背上，乘着筏子渡过群山上面一片片蔚蓝的湖泊，坐着在森林里锯下的大木头做成的小船，在不知名字的河流里漂流。

时光流逝，他们穿越茫茫无际的荒山野岭，曲曲折折地前进着。如果那座“地点不明的小屋”的确存在的话，肯定会有人来到过那个地方。然而，这里却渺无人烟。

冒着夏季的暴风雨，他们越过一座座分水岭。在森林边界线与长年积雪的荒山秃岭上，半夜里太阳依旧灿烂，他们却寒冷难耐。他们不知不觉地走进了夏季山谷，那里蚊蝇成群结队；在冰河的隐蔽之处，可以看到只有在南方才会看到的鲜红的草莓和鲜花。

那一年的秋天，他们到了一片湖沼之地，凄凉寂静，让人胆颤心惊。野禽曾经在此地栖息，但当时没有任何生命，甚至连生命的痕迹都无从发现，只有呼啸而过的寒风，荫蔽之地冻结的冰雪，凄凉的水浪拍打寂寥的湖岸的惊涛之声。

整整一个冬季，他们跟着先人几乎泯灭了的踪迹到处流浪。一次，他们碰到一条古老的小路穿过森林，树皮上还刻有指示道路的痕迹，那座

“地点不明的小屋”好像近在咫尺可及，然而，这条来无影，去无踪的神秘小路，和开辟他的人以及为什么要开辟他的原因一样，是一个谜。

另一次，他们遇见一座，已经由于风雨剥蚀而倒塌的猎棚的残骸，约翰·桑德还在条条腐烂了的毯子片中找到一支长杆的燧石发火枪。这是“赫德森湾贸易公司”的产品，西北部早期的枪械，当时，这支枪的价值与平着摞得与它一样高的海獭皮相等。但是，仅仅发现这些，至于它的主人——那个以前修建这个棚子，将枪丢到毯子中的人的情况，则一无所知。

春天到了，他们的艰辛漂泊终于有了结果。他们并没有发现那座“地点不明的小屋”，却看到了一片宽阔的山谷中有一条浅浅的沙金冲积矿床。金子在淘金的盘底闪闪发光。到这里，他们不再往远处寻找了。

每工作一天，他们便能获得价值几千元的纯净的金沙和金块。他们不停地工作，金子五十磅一袋地装到麋鹿皮的袋子里，一袋袋堆在枞树枝搭成的小屋外面，他们辛勤劳动，跟巨人一样。随着日子一天天逝去，他们的财宝梦幻般堆得越来越高。

狗们除了随时拖回桑德的猎物以外，便没有其他的活可干。鲍克便卧在火边，用沉思默想来打发时间。现在，既然无事可做，那个短腿的毛人的幻象在他面前出现得也就越加频繁，鲍克眨着眼睛卧在火边，他们经常一起漫游鲍克回忆起来的那一个世界。

恐惧仿佛是这另一个世界中最显著的东西。那个毛人两手抱住脑袋，垂在膝间，睡在火边，鲍克观察着他，发现他并没有沉沉地睡去，常常惊醒，他向黑暗中窥探，多加一些木柴到火堆上。如果他们走在海边，毛人就一面吃东西一面采集贝壳，与此同时，保持高度警惕地四处张望，担心有没有潜伏着的危险，随时准备快速逃走。他跟在毛人的后面，在森林中悄无声息地潜行。

他们机智而且小心谨慎，因为人的听觉嗅觉与鲍克同样敏锐，他们扭动耳朵，张着鼻孔。那个毛人可以纵身上树，摆动胳膊便可以十分轻松地从这个树枝攀到另一个树枝上，这边一松手，那边早已牢牢抓住，虽然两个树枝有时相距十几尺远，从来不曾失手摔下来，而且如履平地。实际上，不管在地上还是树上，他都同样应对自如。鲍克想起自己曾经在树下守夜的情形，那时候，毛人栖在树上，紧抓住树枝睡觉。

与毛人的幻象紧密相联，呼唤之声在森林深处模模糊糊地响起，激发他心中的强烈不安的奇怪的欲望。他朦朦胧胧感到一种甜蜜的喜悦，对自己不见分晓的东西油然生起一种疯狂的渴慕与不安。

有时候，他把这种呼唤看成可以触摸的实体，去森林里追寻，轻声叫唤或叫着挑战。他将鼻子伸到冰冷的苔藓或满是很高的杂草的黑土里，嗅着肥沃的土地的气息从而感到心情舒畅，要么躲在倒在地上，生满了菌类的树干的后面，双眼圆睁，耳朵竖起，仔细倾听着周围的动静，一蹲就是好几个小时，仿佛在埋伏着准备打仗一样。他这样卧着，可能是想要吓一吓那种他不理解的呼唤。

他不理解为什么做种种诸如此类的事，也不去追究其中的原因。他是被迫这么干的。

阵阵莫名的冲动难以克制地袭上心头。例如，他在营地里卧着，白天暖洋洋的空气晒得他懒洋洋地打盹，突然，他抬起头来，竖起耳朵，屏住呼吸地谛听，然后一跃而起，冲了出去，穿过森林中的小路，越过橡胶树丛生的宽阔的地域，一跑就是好几个小时。

他爱沿干涸的河道奔跑，喜欢潜伏在难以被发现的位置侦察森林中鸟类的生活，卧在灌木丛里，看一群群鹧鸪咕咕叫着趾高气扬地跳来跳去。

他尤其爱干的是，在夏天深更半夜的十分昏暗的光线中奔跑，听着森林中睡意蒙眬的轻喃之声，和人读书似的辨别各种符号和声音，寻觅那种任何时候都一直在呼唤他奔往的神秘的东西。

一天夜里，森林里传来呼唤的声音（因为它音调很多，或者说是呼声的一种音调)，清晰而明确，与赫斯基狗的声音似是而非，是从未有过的一种长长的嗥啸。他突然从梦中惊醒，眼睛大睁，颤动鼻孔嗅着，鬃毛随着呼吸起伏。

他分辨出了这种声音，于是他穿过沉入在梦乡中的营地，迅速而宁静地进入到森林里。接近呼唤声的时候，他渐渐地慢下来，轻轻地移动着脚步，走到树林中一片空地的旁边探头一望：一只又长又瘦的大灰狼直腰蹲着，鼻子指向天空。

鲍克静静地观望着。那只狼却停止了嗥叫，拼命嗅着，想知道他在哪里。

鲍克这时走到空地上，脚步落地时非常小心，低低压下去的身体缩成一团，尾巴直挺，一举一动都表达出那种既威胁又求和的复杂的态度。这是猛兽相遇时特有的威胁性休战。

然而，等发现了他，那只狼转身便逃。他紧追不舍，拼命想追上，最后，将对方逼入一条无路可通的沟里，沟在一条小溪的河床里，却被一堆木头正挡住了去路。

像乔治以及所有被逼上绝路的赫斯基狗一样，那只狼以后腿为轴心，转过身来面对着他，咆哮着，毛发耸立，龇牙咧嘴向他示威。

鲍克并不进攻，只是围着他绕圈。

他的头勉强才到鲍克肩部，而鲍克的体重则三倍于他，他认为无法战胜鲍克，一有机会就再次逃跑。于是，追逐重新展开。

他几次被逼到绝路，几次又重新逃跑，很明显地看出，他的身体很差，否则的话，鲍克不可能轻而易举地追上他。

鲍克的头齐及他的腰时，他毫无办法，被迫转过身来反抗，寻找机会再逃。

终于，鲍克的顽强精神得到了回报。那只狼发现他并无恶意，就相互嗅了嗅鼻子。之后，他们非常友好了，半羞涩半大方，这种态度，可以说与野兽的凶猛本性表里不一。

过了一段时间以后，那只狼用轻松的步子跑开，他要到一个地方去，并且让鲍克明白也要去。

于是，他们并肩跑在朦胧的夜色中，沿河岸向上游跑去，不断向前跑，而且跨过了那座荒凉的分水岭——河水发源的地方。从分水岭的另一面的斜坡走下来，是一片平坦的原野，一片片大森林绵延不断，一条条河流。他们就这样不停地跑着，穿过森林。

一小时一小时地过去了，太阳更高了，天气也更暖和了。

鲍克满心欢喜，他知道，他终于响应了那种呼唤他的声音，现在，他正与森林中的兄弟向发出那种呼唤的地方并肩跑去。突然，古老的记忆再次在脑海中显现。他倾心于它们，和他曾经倾心现实一样，而它们曾经仅仅是现实的影子。从前，他在另外那个模模糊糊可以回忆起来的世界里做过这样的事，而现在，他又在做：无忧无虑地奔驰在旷野中，头上的天空辽阔无际，脚下的大地令他陌生又好奇。

到一条奔腾不息的小河旁，他们停下来喝水。一停下来，鲍克想起了桑德，坐了下来。

那只狼想要朝着那个无疑是发出呼唤声音的地方走去，然后回过头来，与鲍克嗅一嗅鼻子，做出各种各样的姿态，好像在鼓励他，然而，鲍克转过身去，慢慢走上回家的路。

荒野中的兄弟随他跑了半个多小时，然后他坐了下来，鼻子上指，长嗥起来。这是一种悲哀的长号。随着鲍克坚定不移地向回走，声音变得越来越弱，直到在远方渐渐消失。

鲍克返回营地的时候，约翰·桑德正吃午饭，他满怀如痴如迷的爱扑到约翰·桑德的身上，正如同桑德说的，“实实在在大闹了一番”，撞他，抓他，舔脸咬手。这个时候，桑德也将他前推后搡着，亲切地骂他。

两天两夜，鲍克寸步不离开营地，不希望桑德走出自己的视野。他干活，他就在一旁观看；他吃饭，他守卫他。早晨看他爬出来，夜里看他钻到毯子里。

两天以后，森林里的呼唤声比以前更为急切，不安的情绪重新袭上鲍克心头，对荒野中那位兄弟的怀念，关于分水岭那一边令他神往的土地，与荒野中的兄弟一起奔跑穿过片片辽阔的森林的回忆，在他的脑海里萦绕不散。他于是在森林里四处游逛，不过，那位野生的兄弟并没有出现。尽管在漫长的不眠之夜，他侧耳谛听，可是再也听不见那种悲哀的长号。

夜里，他在外面露宿，好几天不回营地。一次，他走进小河的源头，越过分水岭，走进那片溪流遍野，草木林立的土地，逗留了一个星期，十分孤独地寻找着那位野生兄弟的新的踪迹。

他迈着仿佛永远那样轻松自如，不知道疲倦的大步，一面猎食，一面赶路，到处游荡。

他在一条不知在什么地方流入大海的河中捕捉鲑鱼，在河边杀死一只大黑熊。这只熊在捉鱼时被蚊虫螫瞎了眼，然后就无奈而又痛苦地在森林里怒吼，这场艰苦的搏斗，激起了鲍克内心中凶残的天性。两天后，他回到熊那里时，一群狼獾正在争抢这件战利品，他驱散了他们，像驱散秕糠那样容易。从此以后，被抛下的两只再也不会争吵了。

对杀戮的渴望越来越强烈了。他是一个屠夫，一只食肉的野兽，形单影只，孤立无援，依靠着自己的力气和勇敢，以及活着的动物，在到处都充满了敌意，凶险异常环境中生存着。因此，他为自己是一个胜利者而自豪，这种骄傲一直从他的精神传染到肉体，表现在他举手投足中，从每一块活动自如的肌肉中可以一目了然。他的表现太明显了，而那身光彩夺目的毛衣则更加令人炫目，要不是胸口一大片白毛，嘴眼上几根稀疏的棕毛，人们可能会把他误认为一条奇大无比的狼。圣贝纳种的父亲给了他身材和体重，牧羊的母亲更使之定形。他那张长长的狼似的嘴巴，是其他都无法比的；稍宽的头部也是一个大型的狼头。

他拥有狼性的狡猾，牧羊狗和圣贝纳种狗的智慧，加上从最为险恶的环境受到的磨练，他成为了在荒野上四处漫游的最可怕的野兽之一。

作为一只完全的食肉动物，他春秋正盛。桑德爱抚地抚摩他的背的时候，一阵噼噼啪啪的声响应着手的动作而发，每一根毛发都放射出自己贮存的磁力。头脑、肌肉、神经、筋骨，每一部分都到达最紧张的程度，各部分之间的平衡调节，却完美至极。

他对景象、声音和事件的反应，敏捷如闪电。虽然赫斯基狗防御或进攻时跳得很快，但他还要快两倍。他对耳闻目睹到的对象反应的时间，比其他狗还要少，发觉、决定和随机应变，都在刹那间完成。实际上，这三个行动是连续发生的，只是因为时间间隔非常短暂，才让人误以为是同时发生的。

他的筋肉充满了生命的活力，弹簧般猛地啪啪一响，立刻精神头十足。生命在他的体内流动，汹涌澎湃，凶猛又让人愉快，如醉如狂的状态仿佛撞破他的身体，流泻到世界各地。

一天，看着鲍克大步走出营地，约翰·桑德说：“这样的狗还是第一次见。”

彼得：“模子在造出他来的时候，就被毁了。”

哈斯表示赞同：“他妈的！我也这么寻思。”

他们仅仅看到他大步走出营地。他们没有见过，一旦置身于茂密的森林，他身上立刻出现的那种惊人的变化。

他不再快步向前走了，而是立刻变成一只荒原之中的野兽，用猫的步态，悄悄地潜行，像是一个影子在各种阴影中一掠而过，时隐时现。像蛇一样，肚子贴地爬行，一跳而起进攻，知道如何利用每一个掩蔽自己的地方。他从窝里捉松鸡，杀死正在睡觉的兔子，跳到空中咬住慢了一秒而没能逃到树上的小栗鼠。对他来说，没有结冰的池中之鱼游得慢了，而一只只修补洞口的海獭太不谨慎了。

他杀生并非任意妄为，而是为了吃。他只是比较喜欢吃自己杀死的东西而已。因此，他的一举一动，有点以潜伏为乐的性质。他特别喜欢悄悄靠近松鼠，在几乎抓住它们时再把它们放掉，看看它们叽叽喳喳叫着逃到树上。

秋天来了，大群大群的麋鹿出现了，适应防冻的需要，他们移到较低暖的山谷去。鲍克打死了一只半大的离群的小麋鹿，不过更期望那是更大更凶的猎物。

一天，在小河源头的那座分水岭上，二十只一队的一群麋鹿从河流纵横、森林密布的地方走过来，首领是一只身材六尺多高，性格粗暴的雄鹿。这个看上去让人畏惧的对手，正是鲍克日夜期待的。

他来回摇晃着他那十四根枝叉，两端七尺宽的掌形的大角，一看到鲍克，两只小眼中就燃起一种恶毒的光芒，发出愤怒的吼叫声。

他如此凶恶，是因为他的腰部，稍前一点的地方，一支装着羽毛的箭尾露在外面。在原始时代打猎的经验，指引着鲍克将这头雄麋鹿从鹿群里诱引出来，当然，这工作并不容易。他在麋鹿的大角和一下子可以踩死他的那两只可怕的大蹄子正好够不着的地方，在这家伙面前又叫又跳；由于不能摆脱这个长着虎牙的危险的家伙，雄麋鹿大发雷霆。于是，他进攻鲍克，鲍克却警惕地向后退，故意作出一副逃脱不掉的模样诱敌深入。

鲍克引诱雄麋鹿离开伴侣时，两三只比较年轻的雄麋鹿就回来向鲍克进攻，让那个受了伤的雄麋鹿收队。

百折不挠，和生命本身同样持久，这是荒原的产物，它可以让蜘蛛在网上，蛇盘成一团，豹子在埋伏的状态中，一直纹丝不动，而且，这种耐性只有那些以猎取活物为生的动物才具有。

鲍克就拥有这种耐性。

他一直跟着不放，阻拦他们前进，激怒一只只年轻的雄麋鹿，折磨那些带着小麋鹿的雌麋鹿。那只雄麋鹿不胜愤怒，终于展开了进攻。

持续了半天的时间，鲍克旋风似地进攻着麋鹿群，在他的牺牲品回到群体里之前截住他，逼得被猎者失去耐性。因为，被猎取者的耐性总比猎取者的耐性要小。

白天在逝去，太阳落了（黑夜又来了，秋天的黑夜有六小时之久），一只只年轻的雄麋鹿越来越勉为其难地回来援助被袭击的领袖，他们很畏惧冬季的到来，急于赶到较低的地方，却无法摆脱纠缠。何况，这家伙想要的只是一只麋鹿的生命，而不是整个鹿群的生命，因此，与自己的生命相比，他们一定乐意牺牲他的。

接近黄昏的时候，年老的雄麋鹿低头注视着自己的伙伴们——曾经爱过的一只只雌麋鹿，自己生养的一只只小麋鹿，以及受制于他的那些麋鹿，在逐渐暗淡的暮色里匆匆忙忙地离他蹒跚而去。但是，由于那个在他鼻子面前跳来跳去，长着犬牙的可怕的家伙不让他走，他只好离开自己的伙伴们了。

年老的雄麋鹿体重一千三四百磅，在自己漫长而强盛的一生中，他身经百战，然而，最后的时候，却将要死在这个头还没他的膝关节大的家伙的牙齿下。

从此，鲍克不分昼夜地跟踪自己的猎物，寸步不离，绝对不给他喘息之机，不让他吃一口树叶或杨柳的嫩芽，或在渡过潺潺的小溪时喝一口水。处于绝望中的雄麋鹿常常猛然之间放开步子，一阵奔驰，鲍克非常满意，并不去阻挡他，而是轻快地跟在后面奔驰。

如果雄麋鹿站着不动，鲍克就卧下休息，如果他想要吃喝，鲍克就凶恶地展开进攻。

雄麋鹿角之下的巨大脑袋越垂越低，走路也更加缓慢无力。鼻子贴近地面，耳朵软软地耷拉着，他站着休息的时间更长，而鲍克因此则有了更多的时间喝水和休息。

鲍克盯着这只巨大的雄麋鹿吐着红红的舌头喘气的时候，感觉到变化在发生。他觉得，那群麋鹿到这地方来时，还来了另一种动物，森林、河流和空气仿佛因为他们的到来而悸动不安。

他什么都没看，也没听到，他并没有凭借视觉嗅觉，而是根据另外一种比较微妙的感觉，觉得大地不知如何变化了，有一种新的骚动，一些未知的动物正在来回走动。

他决定，解决了眼前的事，他就搞个明白。

第四天，他打倒了这头巨大的麋鹿，吃了睡，睡了吃，在猎物的旁边呆了一天一夜。

精力恢复了以后，强健了，他转身回到营地和约翰·桑德那里。

突然，他缓缓地奔驰起来。时间一小时一小时过去，他缓缓奔跑着，从来没有因为路径的错综复杂而迷路，而是越过陌生的地带，一直向家跑回去，其方向之准确足以令人类以及罗盘针为之羞愧。

在接下来的前进过程中，越来越强烈地感觉到大地上那种新的躁动，和整个夏天都在大地上的生物有很大不同，一种生物散布在大地上面。那种微妙神秘的方法也给不了他答案。百鸟在谈论，松鼠在叽叽喳喳地议论，甚至微风在低声地议论。

中间他停下好几次，大口大口地呼吸着清晨新鲜的空气，期间获得的信息却使他加快前进的速度。虽没发生什么事，但他清楚地感到大难临头。

他越过最后一座分水岭，越发小心地沿着通向营地的山谷跑下去。

还有三里远地到营地的位置，一条新鲜的足迹一直通往营地和约翰·桑德那里。鲍克脖子上的毛发倒立起来，他紧张至极，迅速而隐蔽地急忙前进。

除了结局之外，各种各样的非常详细的迹象都告诉他，嗅觉从多方面向他证明，那种生物怎样通过了现在他走着的小路。

他发现，森林里一片沉寂：飞禽全都逃了，松鼠也躲了起来。他看到，一只亮灰色的松鼠平伏在一根灰色的枯枝上，看上去像是树枝的一部分——一个木瘤。

正如一个敏捷的影子，鲍克形迹隐蔽地向前滑行着，突然，鼻子仿佛被一种非常实在的力量拽向一旁，他被一股新的气味引到了丛林里。

尼各死了。一支箭射穿了他的身体，身体两边分别露出箭的头尾，他侧身躺在自己忍痛爬行的地方。

向前一百码，鲍克发现一只桑德在多盛时买的雪橇狗，躺在路的中间，进行垂死的挣扎，鲍克并不停留，绕了过去。

营地那边传来隐约的嘈杂声。单调的声音吟唱着，一起一落。鲍克匍匐着，爬到营地的边缘，发现哈斯浑身是箭，像个豪猪一样，面向下趴在地上。

鲍克向枞树枝做成的小屋的方向眺望了一下，看到的景象让他的脖子和肩上的毛发都倒立起来。对约翰·桑德的深情厚谊，使他一生中热情最后一次取代了理性与狡猾，难以克制的狂怒涌上心头。

他不自觉地吼了一声。这吼声凶狠、可怕。

叶海特人正在枞树枝搭起的小屋的残骸边跳舞，听到怒吼，接着就看到一只从未见过的怪兽向他们猛扑而来——怀着毁灭一切的狂怒。

这怪兽正是鲍克。

他扑向那个最前面的人（叶海特人的部落首领），在喉咙上咬了一个大口子，脖子上血如泉涌。他并不停下来，而是纵身一跳，又咬破了第二个人的喉咙，冲到人群中猛打猛冲，撕咬，切割，破坏，遇上谁就咬谁，简直无法抵挡。

他毫不停顿的凶狠的动作之敏捷实在太可怕了，因此，射向他的箭不仅全部落空，反而因为印第安人的密集，射中了他们自己的人。一个青年猎手将一支标枪掷向半空中的鲍克，却刺穿了另一个猎手的胸膛，用力之大以致于枪尖刺穿了后背，露在了外面。

此时的叶海特人惊慌失措了，仿佛在逃避恶鬼，叫喊着向森林逃去。鲍克也实在是魔鬼的化身，奋力紧追，在他们穿过森林时咬死他们，就像咬死麋鹿似的。

那是叶海特人的受难日，他们四处逃避，溃退到很远的地方。过了一个星期，幸存下来的人们才集合在地势较低的山谷里，清查损失。

鲍克跑厌了以后，又回到狼籍的营地，他发现，彼得刚一惊醒就被杀死在了毯子里。桑德在地上拼命挣扎的痕迹清清楚楚，鲍克嗅着细微的气息，来到一个深水的池边。

池边，尽忠到底的司基特斯躺在那里，头和前腿浸在水中，池水被矿槽弄得非常浑浊，遮住了里面的东西。既然桑德的踪迹进了水，没出来，那么，约翰·桑德一定在里面！

一整天，鲍克不是抑郁地坐在池边沉思默想，就是心神不宁地在营地徘徊。他知道，死亡就是运动的结束。他也知道，约翰·桑德死了，心里有种遗憾，有点像饥饿的感觉，然而，饥饿填充不了那种缺憾的痛感。

他停下来，默默地看着一具具叶海特人的尸体，在那种时候，他忘了痛苦，而且感到非常的自豪，这种自豪比以往体验过的都更为强烈。

他杀了人，人是万物之灵，而且他是迎着棍棒刀剑将他们杀死的。他嗅着那些尸体，心里有些好奇！他们就这样简单地死了！杀死他们，比杀死一条赫斯基狗还容易！

如果没有弓箭、长矛、棍棒，他们就更不值一提了，从此以后，他再也不害怕他们了，除非他们手中有棍棒、长矛和弓箭。

夜幕降下，一轮满月从树梢上升起，当空照着大地，大地横陈于阴森的惨白的光色里，坐在池边沉思哀悼的鲍克，感觉到森林中有一种骚动和叶海特人那种人为骚动大不相同。

他站起来，侧耳倾听，嗅了气味。

一声微弱而尖锐的嗥叫从远方飘来，接着，又一阵尖叫声合奏，一会儿，嗥叫越来越近，也越来越亮。

鲍克明白了，那就是他在另一个世界里曾经听到过的声音，在他的记忆中赶不去。他走到空地的中心，凝神谛听。

就是那种呼唤，音调繁多，比以往更有诱惑力，也更有强制力。他从未像现在这样乐于服从。

约翰·桑德死了。鲍克最后的眷恋不存在了。人类和人类的权力，再也无法束缚他了。

像叶海特人一样，狼群跟在迁移的麋鹿群的两侧，捕获活的猎物，越过森林茂密、河流纵横的地域，到了鲍克所处的山谷。

他们如银色洪流一般，拥向月光如水的扎营空地。鲍克雕像般站在空地的中心，那么巨大，一动不动，静候他们。

狼群被吓住了，短暂停顿后，最勇敢的一只狼扑向鲍克，鲍克闪电一般迎头痛击，咬断了他的脖子，然后又一动不动，与以前一样，受伤的狼在他后面打着滚儿，非常痛苦。另外三只狼连续上来尝试，不是被咬破了喉咙，就是被撕破了肩膀，一个个都很狼狈。

于是，整个狼群一拥而上，纷纷挤在一起，由于急于打倒猎物，他们相互妨碍，乱作一团。鲍克凭借出奇的敏捷占了优势，他用后腿支撑身体，迅速旋转，又咬又割，应付四面八方，严密的防守形成了一条无懈可击的战线，牢不可破。

为防背后袭击，他被迫倒走着，经过水池旁边，退到河床里，紧靠着一座高耸的沙石河岸站住。他且战且退，来到河岸一个人们采矿挖出的直角形的角落，负隅顽抗，这样，三面有了掩护，只需对付正面即可，而他又应付自如，因此，只过了半小时，狼群就败退了。

整个一群的狼都耷拉着脑袋，在月光下，雪白的牙齿发出惨白的光，有的抬着头卧在地上，耳朵前竖，有的站着监视着他，还有的舔池子里的水。

一只瘦长的狼以一种非常友好的态度小心翼翼地走了过来。鲍克认识他：他就是那位野生的兄弟——他们曾在一起跑了一天一夜。他呜呜地轻声叫唤，鲍克也发出同样的声音。

他们碰了碰鼻子。

这时，一只瘦弱的，浑身是伤的老狼走了过来。鲍克努嘴扭腮，准备咆哮，却和他碰了碰鼻子。老狼坐在地上，鼻子指向月亮，发出了长长的狼嗥，其他一些狼也向他学。

现在，鲍克听到了那种呼唤，实实在在，丝毫无疑。于是，他也坐下来长嗥，接着就从角落里走了出来，狼群一拥而上，围住了他，半友好半蛮横地和他嗅了嗅鼻子。

狼群的领袖们鼓动狼群大声嗥叫起来，奔向森林。群狼蜂拥追随着，在后面齐声合唱。鲍克与他们一起边奔跑边嗥叫，与那位野生的兄弟肩并肩前进。

鲍克的故事，基本上讲完了。

过了几年，叶海特人发现大灰狼的狼种有些变化，有的狼头部嘴部有棕色斑点，胸口中央有条白道。

叶海特人传说的更奇怪。他们说，有只“狗妖”在领着狼群奔跑。严冬时，他偷他们营地里的东西，掠走他们捕兽机关打住的猎物，杀死他们的狗，而且，他从不把他们最厉害的猎人当回事儿，因为，他比他们狡猾。

显然，他们害怕这只“狗妖”。

传说中的故事越说越玄，有的猎手出去就没能回来，有的被发现时，喉咙早被残酷无情地咬破，周围留下的脚印比雪地上任何狼的脚印都大。每年秋天，叶海特人追踪迁徙的麋鹿的时候，永远也不敢走进那座山谷。妇女们坐在火堆边，一谈起这个“恶鬼”为什么偏偏选择这座山谷作为住所时，就难免有些伤感。

每当夏季到来，叶海特人就有一个陌生的来访者——一条有一身漂亮的毛衣的大狼——与其他所有的狼像又不像——就往那座山谷去，单独一个，穿过秀美的森林，进入林中空地。这里，一袋袋腐烂的鹿皮袋子里流出一股黄水，川流不息，渗入土里。有黄水的地方，长着高高的野草，植物的朽泥烂土将黄色遮盖住了。那只狼总是在此沉思片刻，悲伤地长嗥一声，就走了。

不过，他也并不总是独自前行。在每个漫长的冬夜，狼群跟踪猎物进入比较低洼的山谷，在苍凉的月色或朦朦胧胧的北极光下，他像巨人一样在狼群的前面奔驰跳跃，特别显眼。他放开喉咙，高歌一曲，充满原始世界的活力。

一块炸牛排

这是最后一小块面包了。汤姆·金用它蘸完了最后一点面酱，把盘子抹得干干净净的，放进口中若有所思地慢慢嚼着。从桌边站起身的时候，他明显地感觉到饥饿依旧。吃上这顿饭的，只有他一个人。两个孩子在隔壁房间里被早早地送上了床，因为没有晚饭给他们吃。妻子也没有任何食物可吃。她不动声响地坐在那儿，关切地望着丈夫。这是个出身于劳动人民阶层的女人，身体单薄瘦弱，在她的脸上，还有着年轻时美丽的痕迹。她用最后两个便士买了面包，所以只好从邻居家借了点面粉给丈夫做面酱。

汤姆·金在窗旁坐下，那把东摇西晃的破椅子吱吱响着。他机械地拿起烟斗，放进嘴里，然后一只手伸进口袋里，却没有找到烟丝。他明明知道口袋，已没有烟丝了，却总记不住。他气恼地把烟斗放在一旁，动作缓慢，甚至有些笨拙，庞大的身躯，笨重的肌肉使他有点无精打彩。他是身强力壮，长相也算是很有吸引力的。不过他的衣服又破又旧，脚上的鞋子因为穿得太久，鞋底都快要磨穿了。身上的衬衫是两个先令一件的便宜货，领口已经烂了，还有洗衣不掉的油污。

只要看一眼汤姆·金的脸，你一定猜到他是干什么的。这是一张典型的拳击手的脸，上面有着多年格斗留下的创伤和岁月的痕迹。尽管这张脸刮得干干净净的，它还是显得咄咄逼人。严重变形的嘴巴，仿佛是脸上裂开的一道伤口。下颏粗大、前突。浓眉下的双眼，深深地陷在沉重的眼皮之中，目光呆滞，面无表情。在汤姆·金身上，你能看到一种动物的东西，尤其是他的两只眼睛，像是没睡醒的狮子的眼睛，又像是正准备一跃而起的野兽的眼睛。他的头发很短，前额向后倾，丑陋的脑袋上能看得清每一个疙瘩。鼻子由于无数次的打击不断变形，有两次打断了鼻梁。两只耳朵，常常受伤，永远是肿的，比正常人的耳朵大出一倍。刚刮过的脸呈现出青黑色，说明他的胡子、毛发很重。

通常，如果在黑暗的林间小道或者荒郊野外，人们突然看见汤姆·金，一定会感到害怕的。不过汤姆·金却从不为非作歹。除了拳击场上的格斗，他从来没伤害过任何人。没有人看到过他与人争吵。汤姆·金是个职业拳击手，他拳击时那股蛮劲儿只有在拳击场上才显露出来。在赛场外，他很恬静，而且随和。他年轻的时候，花钱如流水，慷慨大方到不顾惜自己的地步。他从不记仇，因此树敌极少。拳击对他来说是谋生手段；在拳击场中，他把对手打伤、击倒或者打垮，但是并无恶意。在赛场上理当如此。观众花钱来看比赛，就是为了看到一个拳击手怎样打败另一个拳击手。获胜者可以得一大笔奖金。二十年前汤姆·金曾经与沃尔木卢·高杰交过一次手。金知道高杰在纽卡斯尔的一次比赛中下巴严重受伤，足足养了四个月才恢复。他专门找机会攻击高杰的下巴，终于在第九个回合中得手获胜。这并不是因为汤姆·金和高杰有仇，而是因为只有攻其要害才能将对手打败，从而获取比赛的奖金。高杰也没有因此而怀恨于心。他们都懂得并遵守游戏规则，人人都力争获胜。

汤姆·金是个沉默寡言的人。他坐在窗前，脸色阴沉，不声不响，直勾勾地盯着自己的双手。手背上凸现着一些粗大肿胀的血管，因为被打断而长成畸形的指关节，显示着它们的久经磨难。他从来不知道人的生命全靠动脉血管的供血，不过他很清楚这些粗大凸起的血管对他的重要性。他的心脏用高压向血管输送了足够多的血液。现在，这些血管再也无法胜任它的工作了，因为它们伸展过度失去了弹性。金的耐力不复当年，他现在极疲劳，不能连续快速地打完二十个回合。年轻的时候，他在拳击场上拼打，斗了一个又一个回合，越打越凶，越战越勇，被打得靠在绳子上，转眼又把对手逼得靠在绳子上，在最后那个回合中进攻得最猛烈，令全场观众激动得起立呐喊。这时他出拳更快更狠，打击，躲闪，一拳紧逼一拳地出击，同时还要承受打击，他的心脏毫不停歇地给血管输送大量血液，为他的取胜立下了汗马功劳。每次拳击时胀起来的血管，事后都要缩回去，恢复原状。但是每一次的变化都把血管变粗了一些，天长日久，便有了明显的凸现。他端详着自己手指残废的关节，不由得想起这双手在过去曾是多么漂亮优美。本·琼斯，外号威力士怪物，曾经和金有一场恶战。结果金的一只手打在了本的脑袋上，一块手指骨打坏了。

金再一次感到饥肠辘辘。

“见鬼!”他嘟哝道，“我多想吃一块炸牛排呀!”紧握着自己的大拳头，金骂了起来。

“贝克和索雷两家店铺我都试过了。”妻子愧疚地说。

“他们都不赊账吗?”他问。

“连半个便士都不赊。贝克说的。”她吞吞吐吐地说。

“他还说什么了?”

“比如他在想桑德尔今晚将怎样对付你，又比如事实上你是可以赢的。”

汤姆·金哼了一声，没有说话。他想起自己年轻时养过的一只猎犬，那时他用肉和牛排喂它。贝克那时信任他，赊一千块炸牛排都没问题。然而岁月不饶人，汤姆·金如今老了。在二等俱乐部里操练的老拳击手们，无论多少数目的钱，谁都没法向那些个生意人赊账。

这天早晨，金一起床就想吃一块炸牛排，这个心思，一直盘旋。这次比赛前，他并没有好好练习过。这一年，澳大利亚大旱，生计更加艰难，甚至连零工也不好找。汤姆·金没有陪练手，而且吃得不好，时常还忍饥挨饿。他有时能找到几天干苦力的差事。每天早晨他都要沿着都门公园跑上几圈，活动活动腿脚。可是并没多大效果，他既没有陪练手，又要养活老婆和两个孩子。自从金得到了这次同桑德尔的比赛机会之后，那些商人们才对他客气了一些，多赊一点东西给他。快乐俱乐部的秘书只预支了三镑钱——这是比赛的输家能得到的数目，——再多一个子儿也不肯给了。有几次他从一些老朋友那里借到几个先令，他们愿意能多借些给金，可是年景这样差，谁都吃不消。是的——事实就是这样的——比赛前他准备得很不充分。他应当吃得好一些，心里没有牵挂。而且，对一个四十岁的人来说，准备起来当然要比二十岁的时候困难得多。

“现在几点了，莉丝？”他问道。

妻子到对面邻居家打听了一下，回来说：

“差一刻八点。”

“再过几分钟，第一场比赛就要开始了，”他说，“那不过是闹着玩儿。接下来是狄乐·威尔斯同哥瑞德利有四个回合的比赛，然后斯太莱特要跟一个水手斗上十个回合，一个钟头之内还轮不到我上场。”

汤姆·金又默默地坐了十分钟，然后站起来。

“说实话，莉丝，我一点准备都没有。”

他拿了帽子，向门口走去。他没有吻妻子——他出门时从不与妻子吻别——可是今晚，她却决定要吻丈夫一下。她用胳膊搂住他的脖子，让他的脸贴近了自己的脸。他身材魁梧，相比之下，她就显得更瘦小了。

“祝你好运，汤姆，”她说，“你能打败他。”

“对，我要打败他，”他说，“我别无选择，我一定得打败他。”

他笑起来，装出开心的样子。这时，妻子同他贴得更紧了。他越过妻子的肩膀，看到了这个家徒四壁的房间。这，就是他在世界上所拥有的一切了：老婆、孩子和拖欠的房租。今晚，他将走出这个房间，到外面去为妻子和孩子觅食。他不像现代工人那样走向机器，从事繁重的折磨人的劳动；而是用古老的、原始的、野蛮的方法，像野兽那样去进行格斗。

“我一定要战胜他。”他重复道，这一回，多少有点拼上老命的口气。“如果赢了，那就是三十镑——付清所有欠账之后，还能剩下一大笔钱。如果输了，我就惨了——坐电车回家的钱也没有。输家该得的那笔钱，他们已给过我了。我走了，我的老婆。要是打赢了，我就马上回来。”

“我等着你。”她在走廊上对他说。

到快乐俱乐部，足足有两英里，他边走边回忆起自己的黄金时代——那时，他是新南威尔士的重量级冠军——通常，他乘坐马车去参赛。车费由那个同车的在他身上押了大赌注的富人付。而汤密·贝恩斯还有那个美国黑人杰克·约翰逊，都是坐汽车往返的。可是如今，汤姆·金却得步行着去比赛。谁都知道，在比赛之前，徒步走两英里的路是不利的。他已经老了，如今的世界对上了年纪的人是残酷无情的。除了做苦工之外，别的他也干不了，即使这样，他受伤的鼻子和耳朵还总是碍事。他真希望当初自己能学会一门手艺，俗话说手艺在身，一辈子饿不着。可是没人对他说过这些。而且，他心里也明白，就算有人跟人说，他也听不进去。那时候，生活太轻松了。大把大把的钞票，激烈的战斗，中间还有充足的时间去悠闲地休养，一大堆阿谀奉承他的人总是紧随其后，拍拍他的背，握握他的手，公子少爷们都乐于请他喝酒，借此机会与他交谈五分钟，以此为荣。太光彩了，在全场观众狂热的喝彩声中，他以暴风雨般的击拳结束战斗，裁判总是宣布：“汤姆·金胜！”第二天的体育专栏里就会登出他的名字。

过去的好时光一去不复返了！现在，他慢慢地回想起来，那些年里，他的手下败将，尽都是些老头子。年轻力壮的他，正在成长；而那些老家伙，已逐渐衰落。打败他们就不足为奇了。想想看，他们的血管已经肿胀，关节已经受伤，由于长期拳击，筋骨已经疲乏。那次是在金潮湾，打到第十八个回合的时候，他打败了老斯图赛尔·比尔。也许，老比尔当时正欠着房租，家里老婆孩子等米下锅。也许，在上阵之前，老比尔也是一直想吃一块炸牛排。那天，比尔进攻得很凶，因此遭到了更加凶猛的还击。现在，汤姆·金在自己也落到这种下场之后，终于明白了二十年前的那天晚上，斯图赛尔·比尔是为了更大的赌注去斗拳的，而他，只不过是在争夺荣誉和并非得来不易的钱财。后来斯图赛尔·比尔在更衣室里痛哭起来，也就不足为奇了。

总之，一个拳击手，一生只能斗有限的次数，多了不成，这是斗拳的铁律。有人能狠斗一百次，有人只能斗二十次；这是由不同的体质决定的，有一定的限度，斗完了固定的数，人也就完了。诚然，金斗的次数比其他拳击手都多，他所经历的恶斗已经远远超过了他的数字。像拳击这工作，即使不弄裂你的心肺，也会使你的动脉失去弹性，使年轻、灵活柔软的肌肉变成硬块，使你神经迟钝，使头脑和身体疲乏不堪。当然了，金比谁干得都更出色。他的老对手们已经一个也不剩了。他亲自看着他们的完蛋，而且有几个人的完蛋还与他有关。

以前，他对付那些老家伙，他一个个地收拾了他们——当他们像老斯图赛尔·比尔那样在更衣室里痛哭的时候，他也会觉得很可笑。现在，他自己也老了，他们同样拿些年轻人来对付自己。就拿桑德尔这个小伙子来说吧，他来自新西兰，那里也许留有他多次胜利的喜悦，可是在澳大利亚，没人知道他到底什么样。所以，他们让他跟汤姆·金斗战斗一场。如果这家伙干得好，可以向能力更高的人挑战，挣更多的钱。毫无疑问，这一场恶斗，他一定非常努力。凭着这场比赛，他能获得他要的一切——金钱、荣誉和好的未来。老汤姆·金是他通向成功之路的第一个拌脚石。他却什么也赢不到，最多就是三十镑——用来付房租还欠账。当汤姆·金这样思考之时，他的脑海里浮现出一个神采熠熠的青年形象——趾高气扬，不可一世。这青年肌肉柔软，皮肤滑润，心肺都极为健康，不知疲惫，无情地嘲笑那些上辈人。青年是复仇女神，他们总是在打败那些老家伙，可他们根本不想一想，这样也是在消灭自己。他们的血管在扩张，关节也在损坏，在年轻的人面前变得力量悬殊。从这个意义上来说，拳击场上永远是年轻人的世界，然而，拳击手们却一代又一代地被替换下去。

他来到了快乐俱乐部。门外有一群游手好闲之徒，毕恭毕敬地给他让开了一条路，他听到两个人说：“就是他，他就是汤姆·金。”

在去更衣室途中，他遇到了俱乐部的秘书。这是个目光犀利聪明的小伙子。

“感觉怎么样？汤姆。”他问道。

“非常好。”金回答道。当然，他知道这是说谎，可又有什么办法呢。假如他手里要是有一镑钱，他就会立刻买一块上好的炸牛排。

汤姆·金走出更衣室，由助手陪同着向拳击台走去，这时，看热闹的观众们发出了热烈的欢呼与喝彩。他向周围的的观众表示感谢。不过他发现观众席上没有几张脸是他熟悉的。大部分都是年轻人，当他在拳坛上首次获奖的时候，这些小孩子们还没出世呢。他轻快地跳上拳击台，坐在自己一角的折叠椅上。杰克·保尔裁判过来跟他握了握手。保尔是一名已经退役的拳击手，已经有十几年没有在台上打过比赛了。这场比赛汤姆很高兴裁判是他。这些老一辈的人，保尔倒是很信任。因为如果他在比赛中稍微出点格，保尔会放他一马的。

年轻的选手们，都雄心勃勃地走上台来，裁判向观众一一介绍宣布了这些人提出来的挑战价码。

“年轻的北悉尼人加五十镑要向赢家挑战。”

汤姆·金望了望几米之外的桑德尔，想到他们这两个陌生人就要大打出手。他没有看出什么，桑德尔也裹在长裤子同绒线衫里边同自己一样。他长得帅极了，他结实有力、发达肌肉的提示着他身体的无比雄壮。

普龙图在台上走来走去，跟台上的两位主角分别握手，然后走下去了。那些毫无名气却又自不量力的年轻人，总是爬上台来来向观众宣布，他们想凭自己的实力勇气，与这场比赛的赢家一争高下。要是黄金时期，在几年之前，战无不胜的汤姆·金会觉得这种举动非常讨厌而且可笑。但是今天，他毫无表情地坐在那里，心中充满了挑战者们无法驱赶幻影。这些小伙子们总是在拳击比赛中占上风，总是走上台来，要挑战赢家；而倒在他们手下的，永远是老一辈的人。他们就这样踩着老一辈人的肩膀踏上了自己成功的道路。这种事在年轻与老一辈人中间不断发生。——这些后起之秀，等他们成功之后，再打垮他们的前一辈。同时，他们的后辈之中，又产生着后起之秀，直到永远——年轻人总是要顽强地达到他们的目的，直到被新人取代。

汤姆·金望着记者席，对《体育报》的莫根和《公正报》的考伯特示意地点了点头。接着他伸出手来，让桑德尔的一个助手详细检查指节上的细带，并在他严密监督下，赛德·萨立文和查利比茨给他戴好手套。同时，在桑德尔的一角，汤姆·金的一个助手，也在监督着进行同样的事。此时，桑德尔已经脱掉了裤子，然后又脱了绒线衫。他厚实的胸脯，浑身上下的肌肉块充满了活力。汤姆·金知道，这是从来没有失去过干劲儿的生命。这种锐不可当的干劲儿，会在长期的战斗中从每一个毛孔里痛苦地挥发掉，等到青春在这场斗争中付出代价之时，也就是他不再年轻了。

比赛开始了。双方握手之后，立刻拉开了架势。桑德尔，这架铜铁般的击拳机器，迅速运转起来。他跳来跳去，一会儿用左拳打汤姆·金的眼睛，一会儿又用右拳击他的肋骨，只是轻轻一跳，就躲开对方的反击，紧跟着又跳回来发动进攻。动作灵活，令观众目不暇接，喝彩频频，台下立即掌声四起。汤姆·金的眼没有花。他遇到过的年轻对手和参加过的比赛实在是太多了。他明白这是怎么回事。出拳太快是没有多大危险的。显然桑德尔想快速将对手打败。这并不出人意料。小伙子们总是这样逞强好胜，肆无忌惮地消耗自己的体能，凭借永不穷尽的精力和必胜的信心压倒对手。

桑德尔时进时退，忽左忽右，跳来跳去，脚步灵活多变，求胜心太强了。这个由雪白皮肤和厚实筋肉造成的活怪物，像一张令人眩晕的进攻之网，又像一只飞梭那样穿来穿去，片刻不停，数以千计的攻击动作只有一个目标，就是要消灭汤姆·金。因为这个老家伙挡住了他获取成功的道路。汤姆·金很有耐心地等待着。他知道该怎么对付。了解年轻人，他虽然已不再年轻。他想，在对手没有耗尽力气之前，是没有办法的。于是他，故意把头一低，头上挨了重重的一拳。这一招很狠毒，不过从比赛规则来看，倒是很正当的。按道理，一个拳击手在战斗中首先应该保护的是自己的指关节。因此，击打对手头顶的行为必然是自讨苦吃。金本来可以将头再低些，让这一记重拳落空。但是他想起自己刚开始比赛之时，怎样在对手头上打坏了自己的手指关节。他这招儿使桑德尔付出了一个指关节的代价。眼下，桑德尔毫不介意。在这场比赛中他会毫不在乎地猛拼狠打到结束。不过，等到他在拳击场上混得久了，他就会知道到问题的严重性，那时，他的指关节会使他明白很多东西。回想起来，他肯定记得这场比赛，他怎样在汤姆·金的头上打碎了自己的指关节。

第一个回合全是桑德尔的天下，他那狂风暴雨般的攻击赢得了全场的掌声。汤姆·金完全被那密如雨点的拳头压倒了，他一味地躲闪着，连一拳没有回击，只要保护自己，或者干脆与对手扭抱在一处使他打不到自己。有时佯装攻一下，等拳头落下时皱皱眉，然后迟钝地转前转后，从不肯跳来跳去，或者浪费一点力气。必须等到桑德尔完全丧失了他的锐气之后，这个小心谨慎的老年人才敢动手回击。汤姆·金的动作迟缓却深思熟虑。他那厚重的眼皮，缓缓转动的眼睛，使他看上去半睡半醒茫然无措。然而这却是一双调查一切眼睛，在二十几年的拳击生涯中，他的双眼早已训练有素，即使一拳直打过来，近在眼前，它们也不会眨动一下，却能够准确地测出拳的距离，作出精确的判断。

在第一个回合打完之后，有一分钟的休息时间。汤姆·金坐在自己的椅子上，两腿伸开，仰朝天花板，双臂搭在身后绳子上。当他呼吸到助手们用毛巾扇过来的空气时，能看出他的胸膛在大幅度地伏动。他合上双眼，听到人群中有人在喊，“你为什么不打他，汤姆?”很多人在喊，“你并不怕他，对吗?”

“身体不灵活了。”他听见前排有个人说，“他的动作不能再快了。要是桑德尔输了，我双倍地赔，按镑算。”

锣声响了，两个人走出各自的角落，急于求成的桑德尔，足足站到了全场四分之三的地方。汤姆·金宁愿少走几步路，这是在节省体力。他既在上场之前缺少训练，又没有吃饱肚子，节省每一步路。再说他还步行了两英里来到这里。同第一个回合一样，桑德尔依旧狂风暴雨般地主动出击。观众纷纷质问汤姆·金为何不还手。他假装反击，打了几拳，快速解决对手。此外便又无所作为。他还是采取躲闪和扭抱的方法将这一回合应付了过去。桑德尔想快速解决对手，可是汤姆·金不肯合作，非常狡猾。当他狞笑的时候，他那张在拳击场上受伤的脸，流露出些许悲哀和愤怒的神气，他继续以他那特有的谨慎，保存着自己的力气。年轻的桑德尔，却以青年固有的不顾一切的气派，耗费着他的体力。汤姆·金，这位拳坛老将，则有着在长期的比赛中积累起来的经验和谨慎。他头脑冷静目光犀利地注视着对手，他行动迟缓，却极有耐心地等待着那个年轻人耗尽体力。在大多数观众眼里，汤姆·金完全被压倒了，因此他们表示把赌注以三对一的方式押在桑德尔身上。可是也有几个聪明人，他们了解汤姆的优秀表现，因此乐于挑战，并且希望大赢他们一笔。

在第三个回合开始之时，照旧桑德尔掌握着场上的全部主动权，尽情地攻击着。半分钟过后，桑德尔因为极度自信而露出了破绽。刹那之间，汤姆·金眼疾手快，他两眼放光，右手像闪电一般打了过去。这是开赛以来他打出去的最有效的第一拳——一记钩拳，他把胳膊弯成拱形，使拳更加结实有力，同时把正在旋转着的全身重量都移在拳头上。这情形，犹如一头假装沉睡着的雄狮猛然伸出它的一只利爪。桑德尔下巴上遭到这突然一击，立刻像一头公牛似的倒在了台上。观众顿时紧张起来，不由得发出一阵低沉的赞叹，对汤姆·金立刻充满了钦佩之感。看来这个拳击老手的肌肉还不曾僵硬，他照旧能把拳头抡成一把迅猛有力的大铁锤。

桑德尔心慌失色。他在地上翻了个身，准备爬起，但他的副手们急忙地制止了他，要他等着裁判倒计时。他单膝跪地，做好了站起来的准备，裁判在他的耳边大声地数数。当裁判数到九的时候，他站起来拉开继续战斗的架势。面对重新站立起来的对手，汤姆·金非常懊悔。这一拳打得还不够准，如果这一拳正打在了他的下颌上的话，肯定能把他打昏过去，那样，汤姆·金就可以带着三十镑钱回家同老婆孩子在一起了。

这个回合还不算完，按规定要打满三分钟。桑德尔初次感到必须要慎重对待自己的对手了。汤姆·金仍旧动作迟缓，睡意朦胧。他看到自己的助手们在绳子外面作好了入场的准备，便感觉到这个回合快要结束了。于是他倒退回到自己的那个椅子上。这样，锣声一响，他就能立刻得到休息。而桑德尔要回到他自己的那边，还得走完这个正方形拳击台的对角线。他绝不能轻视任何一点小事。桑德尔不得不多走这几步路，就要消耗掉一些体力，又从这一分钟的休息里损失掉一些时间。每个回合开始之时，汤姆·金总是慢慢地从自己的一角往前走，这样对方走得更远。而在每一个回合结束之时，他总能够把战斗引到自己的一角，这样，锣声一响，他便可以立刻坐下。

又进行了两个回合，汤姆·金尽量节省体力，而桑德尔则消耗更大。对手只想速战速决的攻势弄得汤姆·金很不舒服。事实上他那密如雨点般的拳头大部分都打中了汤姆·金。可是汤姆·金仍然顽固地坚持着他的躲闪战术，不论那些急性的年轻观众如何催促他，他一概不管，我行我素。在打到第六个回合时，桑德尔又一次失误，汤姆·金的可怕的右拳再一次闪电般地击中了他的下巴，桑德尔又倒下去了。不过，等裁判数到九的时候，他还是爬起来了。

打到了第七个回合，桑德尔已不占优势，不再那么信心百倍了。他不得不痛苦地认识到，今晚这场拳击是他有生以来最艰苦的比赛。汤姆·金是个拳击老手，比他碰到过的那些老家伙们要强悍得多，他始终保持着清醒的头脑，滴水不漏。他的拳头就像一根强有力的棍子，凶得很。而且他两只手都能把人打倒。然而汤姆·金不敢擅自出击。他丝毫也没有忘记自己曾打坏过的手指关节。他明白，要想坚持到底的话，那么打一拳，就得有一拳的效果。当他坐在自己的一角打量对手的时候，他的脑子里涌现出一个想法。如果以他的老谋深算，再加上桑德尔那样的年轻力壮，定能成为一名重量级的世界冠军、一代拳王。可是困难就在这里。桑德尔决不可能成为拳王，因为他缺少智慧。而获取智慧的惟一方法，就是拿青春去交换。不过这样一来，等他有了智慧的时候，青春已经消失了。

汤姆·金用上了自己所知道的所有有利方法。他从不放过与对手扭抱的机会，每逢抱在一处，他总是用肩膀去猛撞对手的肋骨。在拳击中，就给对手造成的损耗而言，肩和拳同样有用；不过用肩却比用拳省力很多。再者，一旦扭抱，汤姆·金就把全身重量朝对手压，“粘”在对手身上。这样就迫使裁判来把他们分开，尚未学会趁机休息的桑德尔时常还帮裁判一把。每逢扭在一起，汤姆·金用肩抵着他的肋部，把头伸向对手的左臂下面时，桑德尔就用右手从自己背后挥过去，打汤姆·金的脸。这灵巧的招数令观众大为欣赏，但是并不威胁对手的安全，只是白白浪费力气罢了。不过，桑德尔既不知疲惫，又毫无节制，汤姆·金只好面带笑容地顽强忍耐。

后来，桑德尔找到了一个方法，用右拳猛击对手的身体。看起来汤姆·金吃尽了苦头。不过行家的眼光还是看出了什么，对汤姆·金感到佩服。在桑德尔的拳头将要落下的时候，他总是用左手迅速地点一下他的肱二头肌。表面看来每次都打中了他，可是因为被点了一下之后每一拳都失去了力量。打到第九个回合的时候，在不到一分钟的时间里，汤姆·金三次用右钩拳打中了桑德尔的下巴，小伙子也被连续打倒在地，三次数站了起来，他摇摇晃晃，有点头脑不清，不过依然有体力，并且顽强得很。他的速度放慢了，浪费的气力也减少了。他斗得极其艰苦，可是他会继续利用他的本钱——青春。汤姆·金的本钱是经验。现在，他的精力和体力也不行了。只有依靠精打细算来取胜。他会充分运用自己在长期的拳击生涯中获得的宝贵经验，小心谨慎地积蓄力量。他不仅知道自己不能有一个多余的动作，并且还懂得如何使对手消耗体力。他一再地使用手、脚和身体进行佯攻，使得桑德尔时而应接不暇。汤姆·金休息着，但却不给对手休息的时机，这便是拳坛老手的方法。

在第十个回合中，汤姆·金一上来就用左直拳打对手的脸，以此阻挡对手暴风雨般的进攻。此时的桑德尔已经小心谨慎起来，他立即收左臂低头躲闪，扬起右钩拳，直打汤姆的头部。这一拳打高了，没能发挥效用。可是汤姆·金一挨到拳头，马上就产生了过去他非常熟悉的那种眩晕的感觉，眼前一片漆黑。一顷刻间，他的生命停止了。在瞬间，桑德尔仿佛消失了，背景上观众的脸孔也不见了。而一瞬之后，桑德尔及背景上的观众又重新浮现出来。他好像睡着了片刻，又醒了过来。观众看到他摇晃了一下，双膝一弯，立刻又恢复了原状，下巴尖在肩膀的掩护下埋得更深。

桑德尔又来了几次，使汤姆·金一直处在眩晕状态。不过汤姆还是想出一个以攻为守的对策。他用左拳佯攻，退半步之后挥起右拳猛打。他把时间算得精确极了，在桑德尔低头躲闪左拳之际，把右拳正打在他的脸上。桑德尔向后仰倒，头和肩同时落在垫子上。汤姆·金如法炮制，对桑德尔这么打了两次，然后就把对手逼边上，挥拳痛打。他不给桑德尔一点的机会，一拳拳的捣下去，直到全场观众起立喝彩，吼声震天。可是，桑德尔却具有极强的体力和忍耐力，没有倒下。他马上就要被打昏过去了，拳击台旁边的一名警官，被这场面吓坏了，连忙站起身来阻止这顿狠打。

锣声响了，这个回合宣告结束，桑德尔东摇西晃地走回他自己的那一角，他同时还向那名警官声明，说他感觉还好，一切正常。他还跳了两下，证明自己说的是实话，警官也就不再继续寻问了。

此刻，靠在自己一角里的汤姆·金大失所望。如果比赛到此停止了，那么，裁判肯定会判汤姆·金赢，那么三十镑奖金就到手了。他跟桑德尔不同，他不是为了名誉和未来而来打这场拳的，他仅仅为了那三十镑，都快拼上老命了。现在，仅一分钟，就能让桑德尔恢复体力。

胜利永远属于年轻人。这句话在汤姆的脑海中闪现。他头一次听到它，是在他打败斯图赛尔·比尔的那个夜晚。比赛结束之后，一个阔少爷请他喝酒时说了这句话。还真让那家伙说中了。那时他是个小伙子。但是今晚，年轻人却坐在他的对面。至于他自己呢，早已老了。过去的半点钟，他是打下来了。但是如果让他用桑德尔的那种打法，就连一刻钟也坚持不了。说到底，他的短处在于他的体力无法迅速恢复。那些胀大的血管和疲劳不堪的心脏使他无法在两个回合的间隔恢复活力。况且，一开始他的体力就并不充沛。两条腿重得像铅铸的一般，并且还有点颤抖。到俱乐部来的那两英里路也不应该步行。还有那块炸牛排，他从早晨起来就渴望着能吃到，为此他恨透了不肯赊欠的肉店老板。一个连饭都没有吃饱的老家伙，怎能取胜？一块炸牛排算得了什么，不过几个便士，但是对汤姆·金来说，却等于三十镑。

第十一个回合开始了。桑德尔为显示自己并没有被打垮而迅速，来势凶猛。汤姆·金明白这种虚张声势的计量，它和拳击本身一样古老。为了自卫，他采取和对手扭在一起的战略，然后分开，让桑德尔去拉开他的架势。这正是汤姆·金设计好的。他先用左拳佯攻，接着退后半步，在对手躲闪左拳之际，右拳直打其脸部。桑德尔被击，倒在地上。他不给对手一个喘息的机会，尽管他自己遭到攻击，但是相比之下对手受的打击又多又狠。桑德尔被打得靠在绳子上，上下左右用尽各种拳法猛击，并且不让对手缠住自己，用重拳打得他不能过来扭抱。每次桑德尔要摔倒时，他就用一只手把他扶住。

这时，全场观众都狂躁起来，立即成了汤姆·金的天下。差不多每个人都在喊："汤姆，加油！""打垮他，揍扁他！""汤姆，你赢了！""你赢了！"比赛眼看就要在暴风雨式的打击之中结束了，观众花了钱来看热闹的，正看到了精彩之处。

半个钟头以来一直在保存实力等待机会的汤姆·金，现在突然使出了他所有的力气。他看准了这个惟一的机会——孤注一掷。他的体力在迅速地减少，他的全部希望就在于，在自己的体力耗尽之前彻底打倒对手。并且冷静地思考和计算着击打的力量以及这击打造成的损伤。他开始明白，要打垮像桑德尔这样强壮的年轻人，是多么困难。他的体力和耐力如此出类拔萃，这也是青春的特点。桑德尔是一名出色的拳击手，一名天才的斗士。只有用特造材料铸造成的人，才能立于不败之地。

桑德尔已经被打得东摇西晃，可是汤姆的腿也颤抖着，他的指关节也疼起来。他还在紧咬牙关，强迫自己狠狠地打。每一拳下去，自己的手都痛得要命。此刻他没有被打一拳，但是他的体力却与对手一样迅速地衰弱下去。虽然每拳都能打中要害，可是力量却不像从前那样足了，勉勉强强打出去的每一拳都奏效甚微。他的两腿，铅铸一般沉重，看得出在拖来拖去。对桑德尔下注的人看到这种情形又得意起来，他们大声地为那个小伙子呐喊助威。

这些叫喊之声激怒了汤姆·金，他又鼓起了精神连发两拳；左拳打在太阳神经上，偏高了一点；右拳横击在下巴上。这并不很重的两拳，把本来就已经昏昏沉沉的桑德尔击倒在地，躺在垫子上颤抖。裁判俯下身子，对着桑德尔的耳朵大声地读起秒来。这是个千钧一发的时刻。如果，数到十秒的时候他还没站起来，根据比赛规则他就输了。全场寂静。汤姆·金两腿颤抖，勉强支撑着。裁判读秒的声音，仿佛是从遥远的地方传来。他认定自己赢了。一个刚刚被如此痛击人是不可能再站起来的。

然而年轻人，也只有年轻人，可以出人意料地再一次站起来。数到四的时候，他翻了个身，脸朝向地面，木然地摸索着手边的绳子。数到七时他欠起了身体用一条腿跪着，休息着，他像醉汉一样把脑袋在肩膀上摇来晃去。等裁判数到九的时候，他完全站立起来了，还摆了一个招架的姿势。桑德尔护好要害之处后，便晃晃地着走向汤姆·金，指望着跟他扭抱在一起来赢得时间。

桑德尔刚一站起身，汤姆·金就马上奔过去连击两拳，不料都被对方的胳膊给挡住了。接着桑德尔就跟他扭成一团，紧紧地粘住了他。裁判费了很大力气才把这两个人分开。汤姆·金竭力助裁判一臂之力以摆脱对手的纠缠。他懂得年轻人是能够迅速恢复体力的，只要他能够阻止桑德尔恢复其体力，那么他仍然会败。只要狠狠的一拳就可以解决他。桑德尔已经败在了他的手下，毫无疑问。他已经在战略战术上胜过了这个年轻人。从扭抱中被分离出来的桑德尔东倒西歪地立在那儿，他的命运处于十分焦急之际。只要被一拳打翻，他就再也爬不起来了！这时汤姆·金却陷入悲伤之中，他想起了那块炸牛排，如果能有它在肚子里撑着，让他打完该多好啊！他使尽全身力气打出一拳，可是不够有力量，也不够快，桑德尔晃了一下，没有摔倒，颤抖着退到绳子旁边支撑住了。汤姆蹒跚着跟了过去，忍着疼痛又打了一拳。但是他的身体不行了。只剩下了一种要斗下去的勇气，也因为疲惫而被弄得模糊不清。这一拳他是对准下巴打过去的，可是却打到了肩膀上。他瞄得本来要高一些的，但肌肉因疲劳过度而不听使唤了。这一拳的反弹力使他向后踉跄了一下，险些栽倒。后来，他又坚持着打出去一拳，这一拳放空了，什么也没有打到。他虚弱极了，一点力气也没有了，最后，他跌在了桑德尔身上，同他扭抱起来，免得自己摔倒。

汤姆·金再也不想和对手分开了。他的力气已全部用尽，他完了。就在他和他扭抱成一团之时，他已感觉到桑德尔的体力渐渐地恢复起来。他的拳头，起初还是软绵绵的，起不了作用。现在已经变得又硬又准了。汤姆·金在朦胧中看到一只戴手套的大拳头正向自己的下巴打过来，他本想抬起胳膊来护一下。他清楚地看到了这危险的一击，并且准备自卫。他拼命地集中意识想把胳膊抬起来，这时，那只拳头却已经打中了他。他感到一阵剧痛，仿佛被电击中了一样，两眼一黑，就失去了知觉。

等到他再次睁开眼睛时，看到自己坐在自己的一角，观众的喊声犹如邦狄海边的惊涛骇浪一般响起。他的后脑勺上垫着一块湿海棉。赛德·萨立文正在往他的脸上和胸口上喷冷水。他的手套已经摘掉，桑德尔俯下身与他握手。汤姆·金对于这个打败了自己的年轻人，一点也不恨，他握着桑德尔的手，直到自己那受伤的指关节剧烈疼痛。然后，他看到桑德尔走到拳击台中央，观众安静下来，听他讲话。他宣布接受年轻的拳击手普龙图的挑战，说把赌金增加到一百镑。汤姆·金漠视着的一切。他的助手们这时正在迅速地擦去他身上和脸上的汗，准备打发他离开这里。他感到非常饿，是一种极度的衰竭和疲乏。他又想起了刚刚结束的比赛，桑德尔曾经摇摇欲坠，处于失败的边缘。唉，一块炸牛排就能解决问题！就因为没有吃到那块炸牛排，那决定胜负的一拳中少了那么一点力量，结果输掉了这场比赛。全都是因为那一块炸牛排。

助手们想扶着他钻过绳子，他挣脱了他们，自己低头钻了过去，跳到外面的地上。助手们在拥挤的中央过道上为他挤出一条路，汤姆·金跟在后面。他到更衣室换好衣服之后，出门往街上走。这时，一个年青人走过来对他说了几句。

“刚才他被你控制的时候，为什么不打倒他呢？”小伙子问。

“别说胡话了！”汤姆·金边说边走下台阶，上了人行道。

街角上酒店的大门开着，能看到明亮的灯光和微笑着的女招待，听到人们在大声地议论着这场比赛，还有柜台上钱币的叮当声。

他口袋里连一个铜板也没有，回家的两英里路程实在是太长了。他确实是老了。穿过都门公园的时候，他垂头丧气地坐了下来，他想起他可怜的妻子，还在家中坐着等他的比赛胜利呢。这是最致命的一击，他简直无法承受。

汤姆·金感到非常虚弱，浑身酸疼，那些打碎过的指关节疼痛难忍。这些都告诉他，那便是找到一件卖苦力的差事，他的手也要等一个星期才能够握得住铁锹。由于饥饿而产生的心悸使他想呕吐。失败的痛苦压得他喘不过气来，他哭了。他用双手捂住脸，失声痛哭起来。一面哭，一面想起了多年之前的那个夜晚，他是如何对付老斯图赛尔·比尔的。现在汤姆·金才真正懂得，比尔那天为什么在更衣室里痛哭流涕。

义犬念旧主

女人回到屋中换上胶鞋，外面的地被露水打湿了。她看到丈夫站在一棵桃树旁边，深情地看那些枝杈上的花苞。一树的花蕾非常美丽。

树下的草很茂盛，女人在寻找什么。

“沃克上哪去了？”她问道。

“刚才还在这跑呢！”

怀特·尤耳四处看看。

“我才看见它去追一只兔子了。”

“回来，沃克——”

两人在灌木丛中的小路上行走，两边是黄色透明的风铃草，这条小径通往乡间。

尤耳把手弯在嘴里，打了个口哨，口哨声与叫喊声飞向树端。

她吓得一下子捂住了耳朵。

“哎呀，你这个文弱书生，竟然比那些调皮鬼还会吹，难听死了，把我的耳朵都要震聋了。”玛丽不高兴地说道。

“沃克，看，是它。”

山坡上灌木丛里一阵响动。在头上方四十英尺以外的岩石上，突然出现了沃克的脑袋，随后身体也露出来了。它用爪子有劲地扒着石头，一块碰掉了滚下来，骨碌到夫妇俩的脚边。沃克警觉地盯着飞动的石块，马上看见了自己的主人，沃克张开了嘴表示出亲热。

“沃克！宝贝！沃克!”

两人大叫起来。

听到叫喊，头往前伸着，仿佛要接近主人。眨眼间，它又消失在树丛中不见了。

两人往前走着，不一会儿，在拐弯处，沃克跑了过来。

这只健壮的狗跑到主人跟前，低首俯耳，男人摸了摸它的头，女人也温和地抚着它，它很温驯地跟主人亲热了一会儿，随后向远处跑了去。

沃克看上去很像一只狼。但它的毛皮和花色说明了确实是条狗，狼是不会有这种颜色的——棕色，或跟棕色相关的砖红色、褐色、黄色，从头部往脚下去颜色递深，但到了肚子那里却出现黄色来。正面上去，一双棕色宝石一样的眼睛闪闪发光。眼眶、爪子和前胸又点缀着耀眼的白花，这棕色的外表仿佛证明它去过很多的地方似的。

两位主人非常喜欢这只不平凡的狗！但养着它却又费了不少的工夫。

这只狗不知从哪里来到了尤耳夫妇的山庄，它的爪子淌着鲜血，饥饿的样子。它跑到他们的窗下咬住了一只兔子，然后费劲儿地把它叼到树丛下的水边。怀特·尤耳去溪边看它，玛丽用牛奶泡上面包也给它端过去，它朝他们吼起来。

他们试着友好地对待它，去抚摸它，给它吃食，但它似乎不理会这一套，要么毛发抖动上前咬人，要么等人走后才吃东西。它不离开小溪边，夜晚就睡在溪边，养着自己的伤。它固执、认真地过了一段日子，伤势好一点后，就跑走了。

幸亏尤耳后来去北方了一趟。要不然，也许再也不会见它一面了。

尤耳乘着列车走到加利福尼亚州和俄勒冈州的交界处时，突然在窗外看见了这只棕色的“狼”。它在沿途飞跑着，浑身上下十分肮脏，它已离开尤耳夫妇的山庄二百英里了，看上去十分疲惫。

他把沃克带上列车，领回了自己的家里，夫妇两人更加关心爱护它，小心地照顾它，并且给它戴上了链锁。这条公狗，性格孤僻，不与人打交道，总向友好的主人吠叫。

与它相处可不容易，但尤耳挺喜欢这工作。他为沃克做了一块认领的牌子，上面写着："请把它还给加利福尼亚州索若马区的怀特·尤耳夫妇!"把挂着牌子的脖圈，戴在沃克头上，然后打开了链锁。一会儿功夫，沃克便没影了。第二天，有人从一百英里以外的蒙多西诺给尤耳夫妇打了个电报，原来沃克用了二十个小时向北跑了一百英里！

运输队把沃克送了回来。

尤耳给它上了锁。第四天的时候给放开了，沃克就又跑走了。沃克这次游到了俄勒冈州南部地区。但又被捉了回来。每一次只要放开了绳锁，它就无影无踪了。并且每次都朝着北方跑，仿佛北方有巨大的吸引力。当它再一次被从北俄勒冈送回来的时候，尤耳说这狗"归心似箭"。

这一次这棕色的狗跑得更远了，人们又逮着它的时候，它已经快跑出加利福尼亚了，它从俄勒冈州穿过去，到了华盛顿。它跑得太快了，当尤耳把它锁起来的时候，它就休养精神，一旦有了自由就朝着北方拼命跑。有资料统计，逃出时第一天跑一百五十英里，后来就每天持续一百英里。剧烈的运动使它变得野性十足，被逮回主人家养精蓄锐之后，它仍旧是眷恋北方。没有人懂得它的心。

这样过了一年的时间。

沃克不再跑了，住在了小房子旁边，它第一天咬死兔子的地方睡觉。这样持续了好长时间，沃克终于开始接受男女主人，这已经相当不错了，但它决不让第三个人碰它。主人家的客人如果走近它，得到的总是狂吠，它张着嘴巴，露出獠牙狂野地嚎着，让那些勇敢的人也畏惧三分。附近的狗从来没有听过这种狗叫声，都很怕它。

没有人知道沃克的经历，大家从这时才开始认识它。沃克的老主人无疑是北方的人了，但没有人知道他是谁。邻居买牛奶的约翰逊太太说，沃克肯定是卡兰戴卡那地方的狗。约翰逊有个兄弟就在那里的金矿干活，所以她很清楚这种事情。

没有人怀疑她的看法，沃克身上就有被冻伤的痕迹，它的耳朵还没有完全恢复。尤耳和玛丽经常在杂志上看到阿拉斯加狗的照片，沃克很像它们。

两个人常常根据自己对北方的理解，设想沃克以前的经历，他们能够感觉到，荒凉的北方总在呼唤着这只“狼”一样的公犬。

傍晚的时候，沃克用低沉的哀叫，思念故乡。而当北风乍起，寒意袭来之时，沃克就再也控制不住自己，甚至发出绝望的狂嚎。像一匹北方的狼一样狂野，没有人听到过它发出狗叫声，没有人能够驯服它。

这样持续了好长时间，沃克对男女主人有了亲近感，两个人争着做沃克的主人，沃克对谁的态度稍微温和一些，就招来了谁的炫耀。开始的时候，尤耳总能讨得沃克更多的欢心，因为他是男人，而沃克似乎对女人天生陌生，它没有接触过女人，对玛丽的裙子的沙沙声很警惕，风起的时候，玛丽就不能靠近沃克了，它总是朝着玛丽狂叫。

但是玛丽是厨师，负责喂养沃克，她可以指挥沃克进厨房吃东西。所以玛丽相信沃克可以消除对她的陌生感，渐渐熟悉起来。

怀特呢？却用了最为巧妙的方法，每当他写作的时候，他就让沃克趴在他的脚边，温柔地抚摸它。怀特终于占了上峰，玛丽以为如果尤耳集中精力的话，沃克也会安静地陪伴他的，并且他挣来的钱会再多些。

两个人一直往山下走，几分钟没有说话。

怀特·尤耳说：“我的新诗该有消息了，他们该给我汇钱了。我们用这笔稿费可以买优质的荞麦面粉，一加仑槭树果酱和你的胶鞋。”

“还有约翰逊太太的牛奶，这可是明天最重要的一件事。”玛丽说。

怀特·尤耳有点发愁，但他马上就愉快地拍着衣服口袋，说：“全加利福尼亚最好的牛奶我都能买得起。”

“你又有新稿子了？我怎么不知道？也不让我看一看。”玛丽有些怪他。

“我把新稿子一直收藏起来，就为了现在去邮局的时候在路上读给你听，在这儿吧？”他用手指着一个干树墩，就坐了上去。

怀特·尤耳静静地朗诵着诗。溪水从他们身边流到远方，黄色的蝴蝶在阳光里起舞，在树荫下躲闪。

这时，一阵沉重的脚步声从丛林中传出来，笨重的步伐踩滑了石子。

怀特·尤耳读完了自己的作品，抬起头想听一听玛丽的赞赏。这个人从小路的弯道处出现了。

他没有戴帽子，而是把帽子拿在手上，并且不停地擦着脸上的汗水，敞着怀，汗水浸满全身。他身材匀称、健壮，健美的肌肉一块块从上衣中显现出来。衣服看来是新买的。

“多热的天啊！”怀特对他讲。

怀特比较喜欢与四周的农民往来，有一个好的人际关系。

这个人停了下来，点点头。

“我受不了这样的大热天，我习惯了在零下三十度的冷天生活。”他替自己解释。

“可我们这儿可不会那么冷！”怀特·尤耳笑了。

“可能吧。我来这儿是找我的姐姐的，您知道约翰逊太太住在哪儿吗？是威廉·约翰逊太太。”

“您是她弟弟了，从卡兰戴卡来吗？”玛丽急忙地问，“我们早就听说你了。”

“就是我，太太。”他谦虚地回答。

“我叫凯富·缪勒，这是我送她的礼物。”

“一直往前走，穿过林子，不要拐到大路上去。”

玛丽站起来指向四英里外的峡谷说：

“那里不是有一棵松树吗？顺这条小路朝那个方向走，再往右一拐就到约翰逊太太的家了，不会错的。”

“谢谢您，太太。”

“有时间给我们讲一讲卡兰戴卡的故事吧。”玛丽说，“您是不是欢迎我们去您姐姐家拜访您呢？或者您陪姐姐一道来我们家吃顿午饭呢？”

“谢谢了，好的。”凯富·缪勒生硬地回答。随后又说道：“今天晚上我就得回去了，坐夜里朝北的列车，在这儿待不了多大一会儿。我是有要务在身的。”

玛丽听了十分遗憾。

像狼一样，沃克这时突然出现了。

凯富·缪勒正准备走，看到沃克，他惊呆了，他死死地盯着这条狗，不再随随便便了。

“天啊！”他硬邦邦地扔出一句话来，一屁股坐在了树墩子上，专心地看这条狗。

沃克听到他的声音，耳朵往下耷拉着，嘴咧开，兴奋起来，慢慢走近缪勒闻闻他的手便舔起来了。

凯富·缪勒抚摸着它的头。

“嘿，见鬼，天啊！”他反复地说着！“对不起，太太，我很奇怪事情为什么是这样！”

“我们也感到奇怪呢！”她半开玩笑地说，“沃克从不靠近生人！”

“啊，您叫它沃克！”

玛丽点了点头。

“我弄不明白，它对您为什么这样亲热，可能是因为你来自他的故乡！”

“对，太太，”他随口答道。

他抬起沃克的前爪，细细地看掌底，又用手按了按爪子，说：“掌底变软了，很久没有拉雪橇了。”

“不，这太奇怪了，它让你接近它。”

凯富·缪勒站起身很沉稳地问：

“你们养着它很久了吧！”话里却冷冷的！

沃克不停地亲近缪勒，围着他团团转，突然，它张开了嘴巴，狂叫起来。

这是从它身体里头发出的吼声，兴奋的，断断续续的，怪怪的叫声，狗的叫声。

“真新鲜！”凯富·缪勒说。

怀特和玛丽感到非常奇怪，这可是奇迹，沃克汪汪地叫了。

“我第一次听到它的狗叫声！”玛丽嘟囔着。

“我也是第一次听到。”凯富·缪勒说。

玛丽听了笑着看他，以为他在开玩笑。

“您五分钟前才认识的它，自然首次听它这样叫了。”

凯富·缪勒疑惑地看着她，想弄明白她的想法。

他沉着地讲：“我以为，您应该明白了，并且早就该猜到，它为什么对我如此亲热，因为它本是属于我的狗。它是我的贝瑞，而不叫什么沃克。”

“啊哈，怀特！”玛丽有点生气地随即叫了一声，看着自己的丈夫。

怀特马上挡住她。

“您怎样知道这狗是您的呢？”他问。

“就是我的。”

凯富·缪勒指了指玛丽对怀特说：

“就像这是您的妻子一样，您无须怀疑，您可以干脆地说：‘这是我的妻子。’我也一样：这是我的狗。还用解释吗？是我把它养大的，我还能不知道它！看着吧，我给你们示范。”

凯富·缪勒转向狗。

“喂，贝瑞!”

他大声叫了一声，贝瑞听了严厉的叫声耷拉下了耳朵，乖乖地听着。

“喂!”

狗立即往右看去。

“向前去!”

这只叫贝瑞的狗马上向前扑了过去，听着命令，时动时静。

“我用口哨能让它行动。”缪勒说，“要知道，它可是我的头狗啊!”

玛丽声音发颤地问：“你要领它走吗?”

陌生人点点头。

“领它到哪里去？到卡兰戴卡去受罪吗？那是个可怕的地方!”

他又点头称是。

随即解释道：“那儿其实并不糟糕，您看我不是身体很好吗?”

“然而对于狗，生活却太苦了！一年到头的繁重的劳动，严寒和饥饿的折磨，我读过许多这方面的东西，明白那是一种怎样的生活。”

“是的，是这样的生活，一回在美克配拉河上，我差一点宰杀了它，要不是捉到一只驼鹿，它就成了食物了。”

“吓死我了!”玛丽叫了起来。

“自然，我们的日子同这里的完全不同。您是不必吃狗的。可是当谁陷入绝境的时候，良心就没有什么用了，想问题的方法也不同了。如果您处于危险的环境，您就明白我了。”

“既然这样说，那么关键问题就是狗在加利福尼亚所受的待遇。您为什么不把沃克留在这儿呢？这儿对它很好，既饿不着，也不会受苦。人们关心、爱护它，没有人会鞭打它，也没有恶劣的气候环境的折磨，加利福尼亚从不下雪的。”

“但是夏天呢?”缪勒笑了。“对不起，这儿却热得厉害，使人难以忍受。”

“看来您不愿把它留下来，在大北方您能给它什么呢?”玛丽着急地说。

“只要我有吃的，它就挨不了饿。”

“什么时候没有呢?”

“就是没吃的东西可以吃的时候。”

“还能活吗？……”

缪勒说：“活当然得干很多，不停地干活，还寒冷和饥饿。但令人高兴的是，我们在一起相互不分离。它明白这都应该做的，并习惯于承受它，熟练地掌握它。主人驯养狗就是为了让它干活嘛。在北方，那儿才是它真正的家，那儿才有它真正的生活。”

“狗得留下!”怀特斩钉截铁地说，“别再争了。”

“什么——?”凯富·缪勒拖着声调说。神情凝重。一种顽强的品性暴露出来。

“狗必须留下来，我说的，所以不要再谈下去了。谁能证明这是你的狗。也许您在哪儿见过它，甚至借用过它，或许它能明白北方养狗主人的一般口令，但这都不能说明狗是您的。阿拉斯加的狗都知道这种口令的。另外，这是一条优秀的狗。它是阿拉斯加的宝贝，所以您就想霸占它。无论怎样，您必须证明这狗是您的才行。”

凯富·缪勒冷静地听完怀特的辩解。额头阴沉起来，裹在黑衬衣里面发达的肌肉跳动着。他望了望这个文弱书生，猜度着他能有多大的气力。脸上出现轻蔑的神情，威胁地说：

“我对您讲，我能马上带走它。”

怀特·尤耳涨红着脸，向缪勒逼过去。

玛丽怕他们打架，连忙说：

“也许缪勒先生说的是对的，你没瞧见沃克是认出来他了。见到缪勒他就高兴起来，叫它‘贝瑞’就有反应。沃克以前还没有对谁这样温驯呢！并且它竟然发出一种真正的狗叫声，看来它的确是看到了主人了。”

怀特放轻松下下说：“玛丽，你讲的有道理。这条公犬可能真叫贝瑞，也许是人家的。”

“你能把它卖给我们吗?”玛丽询问，“我们给你钱。”

缪勒感动地摇了摇头，不再生刚才的气了。说：

“我从前有五条狗，贝瑞是头狗。他们在阿拉斯加最为优秀，拉起雪橇，谁也赶不上。一八九五年，狗非常值钱，有人出五千元，我不舍得卖出去。要知道这是一大笔钱了，但我的狗也是最好的狗。贝瑞是其中最佳的一只，有人在冬季里曾用一千二百元换它，我没有换。现在当然也不会卖的，因为我太爱它了。三年前有人偷走了它，我四处寻找，伤心极了，是对它有最深的感情而不是因为它有多么值钱。”

“现在我终于又见到了它，请原谅，我几乎不相信这一切，像梦幻一样，幸运从天而降。要知道，我从小把它带大，像抚养孩子一样，给它穿戴，安排它睡觉，老母狗死了，我买两美元一罐的最好的牛奶喂养它。而我除了黑咖啡是喝不上这些东西的。它把我当母亲看待，吮着我的手指头，对，就是这只指头。”

凯富·缪勒结结巴巴地讲述着，手挥舞着，情绪激昂，他一直在强调他的手指头。用以证明他是狗真正的主子。

他盯着那只独特的手指，不再说话。

“您为什么不替狗着想呢?”玛丽说。

凯富·缪勒疑惑地望着她。

“我的意思是，您想到了它自己了吗?”

“我不明白！什么意思呢？”

“我认为这条狗，它应该有自己的权利的。您没有给它选择的自由。也许，在阿拉斯加和加利福尼亚之间它更喜欢后者呢！您似乎没有想到这些，把它当成什么东西了，比如说一堆土豆或干草。它是活生生的生灵啊！”

凯富·缪勒对这话认真地听完，陷入了沉思。玛丽看出他的犹豫，赶紧认真地说：

“如果您真的爱它，就该为它的幸福着想。”

凯富·缪勒没有说话，在想这个问题。

玛丽很得意地望着丈夫，怀特赞许地看着她。

“您想要怎么样？”缪勒猛然发问。

玛丽赶紧又说：

“您的意思是？”

“您难道以为贝瑞想留在这儿，留在加利福尼亚？”

玛丽说：“我很相信这一点。”

凯富·缪勒望着心爱的公犬，考虑了一下，喃喃而言：

“它给我出过多少力啊！辛劳吃苦，从不偷懒，是一条罕见的好狗，它还会驯练新狗，咱们在这儿讲的话，它都能听懂，它聪明得很，只不过不说话而已。”

贝瑞趴在凯富·缪勒眼前，低着头，耳朵却竖起来，谁说话，它就望着谁。

“它还能为我继续工作，干许多年，我是那样的爱它，真是难以自禁。”

然后，他动了动嘴想说点什么，但两次都咽了回去。最后，终于说：

“咱们这样决定吧，因为您刚才的话也有道理。这是一条好狗，很能干的好狗，它应该有好的回报，让它自己作出决定吧，它有这个权利。如果它想继续留在您这儿，那我就走了，像没有什么事儿似的走开，如果它想跟我走，我就把它带走了。咱们都不要叫它。”

说完他又考虑了很久，然后又盯着玛丽，补充道：

“必须公正，这一点很重要，我走了您不能对它说什么。”

“我很坦诚。”

然而凯富·缪勒还不放心。

“我知道女人的心眼，她们容易动感情，只要动了心机，她们简直能有魔法，说谎或者真计……对不起，太太，我说的是女人，没有指您。”

“我该感谢您……”玛丽有些发抖。

“感谢我什么呢？贝瑞还没有选择，我慢慢地走开，你们没有意见吧，再有几百步，就见不着人影了。”

玛丽同意了：

“我一定要照说的去做，我们不会对它有小动作。”

“那么就这样吧，我走了。”凯富·缪勒告别了夫妇俩。

沃克听出缪勒的声调的变化，慌张地看着他，望着他与玛丽握手再见。它站起来，前腿趴在女主人身上，头伸向缪勒不住地舔他的手。当缪勒与怀特握手时，它又扑向怀特，也同夫妇两人亲热着。

“唉，让我有这样的经历。”凯富·缪勒把步子挪到路上，他要走了。

二十步了，沃克呆呆地看着旧主人的背影，没有动弹。它好像在期待着旧主人回来。

突然，沃克低低地哀嚎了一声。朝凯富·缪勒追过去，用前爪够着他的手，急切地想留住他。但没有用。

沃克奔跑回来，咬住树墩上坐着的怀特·尤耳的衣服，想让他拦住缪勒。但主人毫无表情。

沃克慌了神！

它想跟着缪勒走，又想留在这儿，两种选择对它都有吸引力。两位主人它都难以割舍。然而新旧主人相距越来越远。

它急切地奔驰起来，往来于两者之间。一会儿奔向旧主人，一会儿奔向新主人，它痛苦地选择着。

沃克终于吼起来，气都喘不匀了。它躺在地上，朝天伸出獠牙，时张时闭，嘴巴抽动着，越来越厉害，喉管也跟着抽搐，发不出一点响声。只是在它的胸部还能听到一丝的呜咽，仿佛预示着一场嗥叫的来临。

然而它却并没有嚎叫，它收起了疯狂的一副嘴脸，出神地凝望着远去的背影。随即又谨慎地回望怀特，他在痛苦抉择。周围没有人搭理它，没有谁说话，更没有暗示和命令。

旧主人快要转弯了，沃克望着前方，又紧张起来。它猛然跃起，扑向女人，它的最后的希望全放在玛丽身上，它不能依靠男人了。它把头埋在玛丽膝上，像平时恳求什么时用的小计谋，用鼻子撞碰着她的手。随后又退回去，蹦蹦跳跳地讨女主人欢心，用爪子趴着地可怜地摇着尾巴，一副讨好的神情。它用尽了办法，表达着它的想法。

没有人理它，这使它非常失落。从前大家对它十分亲热，今天毫无反应了。沃克不再恳求了。

它转身看远方的旧主人，他已经快消失了，再有一分钟，就看不见了。他沉默地走着，没有回头看他一眼，专心地走他的路，态度镇静，像没有发生什么事一样。

凯富·缪勒走到了拐弯处。

沃克看着这一切，一分钟过去了。

它像一块石头，激情涌动却急切的石头。它慢慢挪向怀特·尤耳，嗅了嗅他的手。望了望已经没有人影的路。

玛丽高兴地望着丈夫。

几分钟后，沃克起身了。沉静地盯着小路，不理睬旁边的夫妇。大家都知道，决定的时刻到来了，沃克有了自己的主意。

它飞奔起来。

玛丽动了动嘴，想亲热地叫它一声，她太想叫它了，却并没有。怀特严厉地用眼神警告她，玛丽只好叹了口气，闭上了嘴。

沃克是在飞奔，不是在小跑。它跨出的步子越来越大。尾巴拉直了，没有回头，在弯道处它插过小路，径直消失了。

寂静的雪野

“卡门撑不了两天了。”

麦森吐出来一块冰，忧愁地瞅着这条可怜的狗，然后把狗爪子拿到嘴边，咬去脚趾间冻结的冰块。

“我从来没有见过这样名字古怪的狗，可也没有什么用，在关键时刻，它们总会担不了太大的担子而死掉的。”说着麦森推开这只狗。“嘿！这条狗是不是可以被取名为什么卡什阿、西瓦斯和哈斯基呢？这些狗可是很受用的，它们出过什么事吗？没有，先生！你看那只舒库姆，它……”

麦森张着嘴还要说点什么，忽地那只公犬差点没咬住他。

“你敢咬我?!”

他用粗鞭子在狗身上狠狠地抽了一下，那条狗倒在雪里，从獠牙上滴下黄色的口涎。

“我的意思是你看看舒库姆。舒库姆很厉害，我敢打赌，出不了一星期，它能吃掉卡门的。”

“我也打赌。”

麦尔木特·基德把冻面包在火上烤了烤，说道：“在到地方之前，我们恐怕也会吃掉舒库姆的，你看呢？路丝？”

这时候，这位印第安女人往咖啡里放进去一块冰，等着渣滓沉下去后，她抬起头望着麦尔木特·基德又看了看自己的丈夫，然后又瞧了一眼那些狗，没有说什么。

她很明白眼前的困境，明摆着的还用说么？

前头还有二百英里的路程，而且没有开过的路更难以穿行，食物只剩下吃六天的了，并且已经没有东西喂狗了。

两个男人和一个女人围着篝火，开始吃那不多的午饭，狗没有卸套，皮带套在它们身上，停在旁边算是午间的休息，眼巴巴地瞅着主人一口一口地吃着。

“我以后不吃中午饭了。”

麦尔木特·基德说。

“得小心这些狗了，它们已经不太听话，说不定什么时候会向咱们扑过来呢！”

麦森望着自己的软皮鞋，这时皮鞋上正冒出热气来，他想了一下。

“我曾经当过美以美教会的主席，也在主日学校中教过书！”

路丝给他倒了一杯咖啡，打断了他。

“感谢上帝，我们还有很多茶呢！以前在田纳西州，我亲眼看着茶是怎样生长的。现在要有人给我点吃的，我会舍弃好多东西的！路丝，别发愁了，不久你就不用挨饿了，也不用穿这种软皮鞋了。”

这个女人听了这话，放轻松了一些，眼中流露出对这位白人丈夫的深情，他是她遇到的第一个对待女人比对牲口好的男人。

“是的，路丝。”

她的丈夫用继续用混用的语言说，这种语言她才明白一些。

“我们就要离开这儿了，等着瞧吧，我们要坐着白人的小船到海上去。是的，那里的风高浪大，像山一样向你压下来，要熬过好多天才能渡过。”

他扳着手指算着。

“一路上很危险，还会经过一个大村镇，那儿夏季里的蚊子和人一样多。那儿的印第安人小屋，高得很呢！有二十棵松树那么高，哎呀呀！”

他讲着讲着没有词了，停了下来求救似的看着麦尔木特·基德，然后费劲地比划着二十棵松树怎样搭成印第安人的小屋，麦尔木特·基德一笑，可是路丝却感到惊奇而快活，眼睛睁得大大的，她觉得丈夫说的这些话也许不是真的，可他竟然那么快活，自己的心情也随着开朗起来了。

“然后我们当时就坐在一只大箱子里，啪地一声飞到空中去了。”说着这话的时候他把自己的空杯子往上一扔，然后灵活地接住。“瞧，你又飞下来了。嘿！魔术真神啊！你去育空堡，我去北极城，我们相距二十五夜的路途，然后中间有一条长长的绳子，我抓起绳子的一头说：‘喂，路丝，你好吗?’然后你拿着绳子的另一端回答：‘你是我亲爱的丈夫吗?’我说：‘是呀!’你又说：‘没有苏打粉了，烤不成面包了。’我听了以后对你讲：‘到贮藏室找找，在面粉下面呢！再见啊!’后来你就去找了，找到了许多苏打粉。你就这样老住在育空堡，我在遥远的北极城，我们还可以通话，你瞧呀，人会变魔法呢!”

路丝高兴地听着这个神话一样的故事，憨憨地发着呆，两个男人哈哈大笑起来。狗这时打起架来，把这些故事给打断了，把狗拉开后，路丝套上了雪橇，该上路了。

“走，快点，往前走!”

麦森灵巧地挥动着鞭子，绳套里的狗轻吠起来，他用木棍撬起雪橇向前驰去。路丝跟在后面，赶着第二辆，麦尔木特·基德行在最后。基德很强壮，甚至可以一下子打倒一头牛，然而他却不忍心去打这些狗，他可怜它们，心疼他们，甚至看见它们受罪，几乎要哭出来。

“来，快往前跑，你们这些腿脚不利索的家伙!”

他还是无法前进。过了好一会儿，这些吃力的狗终于低嚎着追了上去。

他们谁也不讲话，艰苦的道路让他们顾不上打个招呼了，这可是最艰难的行程啊。在北极这个地方行进，安然度过一天就已经很不错了。

干什么都可能没有在这儿难。每移动一次脚步。雪鞋就深深地陷了下去，没了膝盖，当你把腿抽出来的时候得需要技术了，这些都是很专业的。第一次走在这种路上，不是鞋子绊在一起就是累得不行，摔在雪里是常有的事，能走一百米就不错了。如果有人一天不曾摔倒，就可以高奏凯歌了。谁都会佩服你的，要是你走上二十天这样的路。

下午慢慢而过，静寂的雪地里让人感到害怕和不安，这些行路人哆哆嗦嗦地忙着自己的活。大自然经常使人震惊，譬如翻涌的浪涛，凶猛的风暴，突发的地震，轰鸣的雷声。然而最可怕的可能是眼前这种荒凉而死寂的雪野。天空中呈现出黄铜般的颜色，人的声音也不敢轻易出口打破这凝固的天光。人的生命由于这荒凉和寂静的压迫，感到像一条虫子一样渺小，任何胆大妄为的念头都会使自己恐惧、发抖，脑子里乱轰轰的，身边的所有东西都在奇妙无比。上帝、宇宙和死亡，拯救、生存和希望交织在心中，然而无论如何，人在这儿多是身不由己。

一天将尽，麦森顺着弯曲的河，走到一个狭窄的地方，但是狗走到高高的岸边停了下来，路丝和麦尔木特·基德把雪橇一次又一次地往上推依然仍旧无济无事，狗已饥饿得气喘吁吁了，但仍然硬撑着配合着人，使劲，再使劲，终于雪橇爬上了顶端，但是猛然间头狗带着的狗队向右冲了过去，撞在了麦森的雪鞋上。顶翻了麦森和另外一条狗，把他们缠在皮带下，眼看着那倾覆的雪橇又滑到了岸下面去了。

鞭子朝狗狠狠地打过去，尤其是那条倒着的狗。

“别打啦！麦森！”

麦尔木特·基德央求麦森：“这只可怜的狗都快要死了了。停下来先让我们把我那队狗给套上吧。”

麦森先放下鞭子，听完了基德的话，又扬起长鞭猛然抽向那只畜生，那只叫做卡门的狗，随着一声呜咽，倒了下去。

景象十分悲惨，一条狗要死了，这旅途中懊丧的一幕，使两个男人都在发怒。

路丝胆战心惊地看着这场面。

麦尔木特·基德怨恨起麦森来，然而他抑制住自己，俯身割断了卡门身上的皮带。

他们重新组织了队伍，克服了困难，把雪橇拉了上去，继续赶路，卡门虚弱地跟在后面。它还能走，所以，没有人会打死它，只要它能爬到宿营地，也许会有一餐美味。

麦森心里有点后悔这样对卡门，却不想承认什么，只是往前走着。他不知道危险在等着他。

阴暗的坡下，他们需要穿过一带森林，路边五十英尺开外的地方有一棵高大的松树，看起来有上百年的历史了，也许是命吧，终于今天发生了。

麦森弯腰系了系鞋带，休息的时候，狗都卧在雪中一声不响了。四下里静悄悄的。严寒冻结了大自然的心脏，冻结了它的嘴唇，似乎有什么声音在空中微响，没有人知道将会降临什么命运。

那棵经过岁月的侵蚀和积雪重压的大树，展现了它生命的最后的表演——

折断声轰响。麦森赶紧跳开，他还没有站稳，树干就压了下来。

经历丰富的麦尔木特·基德立刻扑过去抢救他的伙伴，印第安女人路丝没有哭也没有发晕，因为她不是白种女人，她一听见基德的命令，马上跳起来压住另一端来减轻树对丈夫的压力。她在听着丈夫的呻吟。

麦尔木特·基德用斧头“当当”地砍起树来。冻结的树声和着他粗重的喘息声在荒野回响，最后，基德收拾起麦森伤残的躯体，放在雪上，路丝的脸色十分难看，希望和绝望使她说不出半句话来。

北极人只重行动而轻话语。

他们知道躺在零下六十五度的温度下不出几分钟就会被冻死，于是两人用褥子把可怜的麦森包起来，放在一丛树枝上，并且用树叶在他面前升起篝火，再在他身后支起帆布当作屏风，提供给他温暖。

麦森伤得很重，身体的侧骨头断了，腿也失去知觉，内伤可能更重，偶尔的呻吟说明人还活着，人到了生命危难之际，才能认清自己与死亡的距离。

路丝用印第安人的坚强抵抗着这漫长的黑夜，她没有别的任何办法。麦尔木特·基德脸色发青，一脸愁容。实际上，麦森受的罪反而最少，他已经昏迷过去，仿佛回到田纳西州东部，在一个山区欢度着他的少年时光。最使人心疼的是他用他自己早已经忘却的南方语说起他在湖里游泳，爬到树上逮鸟儿和摸进地里偷西瓜，基德听着很难受，远离了尘世这许多年，在这荒野里回忆起往昔该是多么亲切，路丝什么也不知道。

第二天早晨，麦森醒了。

“你记得四年前我们在塔纳纳见面时的情形吗？当时我对他没好感，我只是以为她还算漂亮，见了她有些高兴！后来我发现她太好了，她总为我分忧，是我的贤内助，在我们这一行里，谁也比不上她，有一次，她冒着枪林弹雨，穿过激流把咱们俩从山岩上救下来；还有一次，他挨饿受冻，她蹚过水给我们带信儿，她实在是太好啊！比我从前那个好多了，你知道我结过婚么？谁也不知道，我在美国的时候结过婚，可我来了这儿，她就趁机离开了我。

“现在有了路丝，我原打算办完这次事就要离开的，可现在已经太迟了，基德，别让她返回她的印第安人的家，在那里她得吃那种鹿肉和鱼，可她已经和我们一起吃腊肉、豆谷、干果，吃了四年了啊，她已经习惯了我们的日子，你要照料她，早一点把她送到美国去，要是她想回来就再送她回来，好吗？

“我们的孩子，联在一起的孩子，一定是一个男孩，基德，我们的亲骨肉千万不要把他留在这儿呀！基德，你把我的皮货卖掉，能卖五千块钱加上我在公司的钱也差不多有这么多，把我的投资与你的合起来搞吧。那里肯定有金子。你要让我的孩子受到良好教育，别让他来这儿了，这儿不是我们生活的地方。

“基德，我快死了！就这两天了！你得往前走，快走吧，我求你了，带着我的老婆和孩子，这孩子一定是男孩！”

“再等一等，”基德恳求地说：“会好的，一切会好起来的。”

“不行。”

“就等三天。”

“不能再等了！”

“两天。”

“基德，这是为了我自己的妻子和孩子，你别争了。”

“就一天好么？”

“不，不，你一定要今天走。”

“只等一天，靠这些干粮够了，而且还可以打只鹿来。”

“不行……那好吧，一天，一点也不要超过。你别让我在这儿自己死掉，你要明白我，动动你的枪，给我一枪。我的亲骨肉，再也见不着了！”

“让路丝来这儿吧！跟她告别。不能让她在这儿等我，为了孩子必须让她跟你走，再见了，朋友！”

“基德，你去那片坡地上给我挖个穴吧，我曾经在那挖出四毛钱的金子呢！”

“还有，基德……”

基德把身子靠近麦森，听到他用细微的声音说，“我对不住卡门！”

路丝痛哭着。

麦尔木特·基德穿上外衣，套上雪鞋，夹住来福枪进了林子里。北极地区有很多不幸的事件，基德见识得很多，这一次他却不知道该怎么办了。简单地说，三个可能生存下去的人对一个注定要死的人。五年来，他们相依为命共同遭遇过多少死亡的威胁，他们一起生存在荒山野岭，江河湖泊，患难相交，情深谊长，路丝来到的时候，他还有一种羡慕呢，然而现在却要他亲自结束这一切了。

他只想捉到一只鹿，可是却见不着任何野物的影子，天黑了下来，基德拖着沉重的身体往回走，他听到狗的狂吠和路丝的叫喊，赶忙跑了过来。

原来路丝正用斧头朝那些抢夺食物的狗乱砍着。群狗失去了控制，基德倒提着枪冲进阵去。

枪和斧子有时击中，有时落空，他们拼的纯粹是气力，像在原始时代的生存竞争一样。这些疯狂的狗，睁着血红的眼，露出獠牙，窜来窜去，进行着恶战。被打趴下的狗爬到篝火边舐着自己的伤口，仰天长啸。

狗抢走了所有的干鲑鱼，只剩下五磅上下的面粉。可还有两百多英里的荒野没走。

路丝回到丈夫的身边。麦尔木特·基德在切割一条刚死去的狗，它的头骨被劈开了，基德保存好每一块肉，把剩下的东西扔给其他狗。

早晨起来的时候狗又乱了群。狗群乱了阵，它们扑倒了那只叫卡门的弱狗，忍着主人的凶狠的鞭子还是把它吃掉了。

麦尔木特·基德一边收拾东西一边听着麦森的梦语，他又回到了田纳西州，在对少年时的朋友喋喋不休。

基德利用附近的松树很快地搭起一个棚子来，路丝明白这是为了防止狼和狗来抢他们的食品。基德把两棵小松树弯在一起挨着了地面，再用鹿皮带捆住它们。然后又驯服了狗群，套上雪橇，装好所有的东西。最后，他把皮褥子裹好捆紧，当他砍断绳子的时候，松树就会把麦森弹出去。

路丝接受了丈夫的安排和决定，可怜的女人，她只知道听从别人的安排，她从小就是这么长大的，她从不会想到自己或是别的女人也应该独立自主，在征得他的同意后她才大哭起来，她吻了吻丈夫，然后跟着基德坐上雪橇，自己本能地赶狗上路了。

基德回到麦森身边。路丝已经走了，他呆在火边祷告起来，希望他的朋友早点结束痛苦的生命。

一小时、两小时……

麦森还没有断气。

正中午的时侯，太阳在南方的地平线下，不见了，只剩下火一样的光射在天上，随后就消失了一切痕迹。

麦尔木特·基德站了起来。沉重地走到朋友身边，感觉寂静的雪野仿佛在嘲弄他，他心里胆战心惊。

一声枪响，麦森去了他空中的坟墓。麦尔木特·基德扬起长鞭，狗群在寂静的荒野上奔驰起来。